河出文庫

古典新訳コレクション

近現代詩

池澤夏樹 選

河出書房新社

目次

近現代詩

島崎藤村

初恋

まだあげ初めし前髪の
林檎のもとに見えしとき
前にさしたる花櫛の
花ある君と思ひけり

やさしく白き手をのべて
林檎をわれにあたへしは
薄紅の秋の実に
人こひ初めしはじめなり

わがこゝろなきためいきの

その髪の毛にかゝるとき
たのしき恋の盃を
君が情に酌みしかな

林檎畠の樹の下に
おのづからなる細道は
誰が踏みそめしかたみぞと
問ひたまふこそこひしけれ

小諸なる古城のほとり

小諸なる古城のほとり
雲白く遊子悲しむ
緑なす蘩蔞は萌えず
若草も藉くによしなし

しろがねの衾(ふすま)の岡辺
日に溶けて淡雪(あはゆき)流る

あたゝかき光はあれど
野に満つる香(かをり)も知らず
浅くのみ春は霞(かす)みて
麦の色はつかに青し
旅人の群(むれ)はいくつか
畠中の道を急ぎぬ

暮れ行けば浅間も見えず
歌哀(かな)し佐久の草笛
千曲川(ちくまがわ)いざよふ波の
岸近き宿にのぼりつ
濁り酒濁れる飲みて
草枕しばし慰む

（しまざき・とうそん　一八七二～一九四三。初収：「初恋」—『若菜集』春陽堂　一八九七年／「小諸なる古城のほとり」—『落梅集』春陽堂　一九〇一年）

伊良子清白

漂泊

蓆戸(むしろど)に
秋風吹いて
河添(かはぞひ)の旅籠屋(はたごや)さびし
哀れなる旅の男は
夕暮の空を眺めて
いと低く歌ひはじめぬ

亡母(なきはは)は
処女(をとめ)と成りて
白き額月(ぬかつき)に現はれ
亡父(なきちち)は

童子(わらは)と成りて
円(まろ)き肩銀河を渡る

柳洩る
夜(よ)の河白く
河越えて煙(けぶり)の小野に
かすかなる笛の音(ね)ありて
旅人の胸に触れたり

故郷(ふるさと)の
谷間の歌は
続きつゝ断(た)えつゝ哀し
大空の返響(こだま)の音と
地の底のうめきの声と
交(まじは)りて調(しらべ)は深し

旅人に
母はやどりぬ
若人（わかびと）に
父は降（くだ）れり
小野の笛煙（けぶり）の中に
かすかなる節（ふし）は残れり

旅人は
歌ひ続けぬ
嬰子（みどりご）の昔にかへり
微笑（ほほゑ）みて歌ひつゝあり

（いらこ・せいはく　一八七七〜一九四六。初収：「漂泊」――『孔雀船』佐久良書房　一九〇六年）

高村光太郎

樹下の二人

——みちのくの安達が原の二本松松の根かたに人立てる見ゆ——

あれが阿多多羅山、
あの光るのが阿武隈川。

かうやつて言葉すくなに坐つてゐると、
うつとりねむるやうな頭の中に、
ただ遠い世の松風ばかりが薄みどりに吹き渡ります。
この大きな冬のはじめの野山の中に、
あなたと二人静かに燃えて手を組んでゐるよろこびを、
下を見てゐるあの白い雲にかくすのは止しませう。

あなたは不思議な仙丹を魂の壺（つぼ）にくゆらせて、
ああ、何といふ幽妙な愛の海ぞこに人を誘ふことか、
ふたり一緒に歩いた十年の季節の展望は、
ただあなたの中に女人の無限を見せるばかり。
無限の境に烟（けぶ）るものこそ、
こんなにも情意に悩む私を清めてくれ、
こんなにも苦渋を身に負ふ私に爽（さわや）かな若さの泉を注いでくれる、
むしろ魔もののやうに捉へがたい
妙に変幻するものですね。

あれが阿多多羅山、
あの光るのが阿武隈川。

ここはあなたの生れたふるさと、
あの小さな白壁の点点があなたのうちの酒庫（さかぐら）。
それでは足をのびのびと投げ出して、

このがらんと晴れ渡つた北国の木の香に満ちた空気を吸はう。
あなたそのもののやうなこのひいやりと快い、
すんなりと弾力ある雰囲気に肌を洗はう。
私は又あした遠く去る、
あの無頼の都、混沌たる愛憎の渦の中へ、
私の恐れる、しかも執着深いあの人間喜劇のただ中へ。
ここはあなたの生れたふるさと、
この不思議な別箇の肉身を生んだ天地。
まだ松風が吹いてゐます、
もう一度この冬のはじめの物寂しいパノラマの地理を教へて下さい。

あれが阿多多羅山、
あの光るのが阿武隈川。

（たかむら・こうたろう　一八八三〜一九五六。初収：「樹下の二人」──『道程』〈改訂

版〉山雅房　一九四〇年）

北原白秋

邪宗門秘曲

われは思ふ、末世の邪宗、切支丹でうすの魔法。
黒船の加比丹を、紅毛の不可思議国を、
色赤きびいどろを、匂鋭きあんじやべいいる、
南蛮の桟留縞を、はた、阿剌吉、珍酡の酒を。

目見青きドミニカびとは陀羅尼誦し夢にも語る、
禁制の宗門神を、あるはまた、血に染む聖磔、
芥子粒を林檎のごとく見すといふ欺罔の器、
波羅葦僧の空をも覗く伸び縮む奇なる眼鏡を。

屋はまた石もて造り、大理石の白き血潮は、

ぎやまんの壺（つぼ）に盛られて夜（よ）となれば火点（とも）るといふ。
かの美（は）しき越歴機（えれき）の夢は天鵝絨（びろうど）の薫（くゆり）にまじり、
珍（めづ）らなる月の世界の鳥獣（とりけもの）映像（うつ）すと聞けり。

あるは聞く、化粧（けはひ）の料（しろ）は毒草の花よりしぼり、
腐れたる石の油に画（ゑが）くてふ麻利耶（まりや）の像よ、
はた、羅甸（らてん）、波爾杜瓦爾（ほるとがる）らの横つづり青なる仮名（かな）は
美くしき、さいへ悲しき歓楽の音（ね）にかも満つる。

いざさらばわれらに賜へ、幻惑の伴天連尊者（ばてれんそんじや）、
百年（ももとせ）を刹那に縮め、血の磔脊（はりきせ）にし死すとも
惜しからじ、願ふは極秘、かの奇（く）しき紅（くれなゐ）の夢、
善主麿（ぜんすまろ）、今日を祈に身も霊（たま）も薫（くゆ）りこがるる。

空に真赤(まつか)な

空に真赤な雲のいろ。
玻璃(はり)に真赤な酒の色。
なんでこの身が悲しかろ。
空に真赤な雲のいろ。

紺屋(かうや)のおろく

にくいあん畜生は紺屋のおろく、
猫を擁(かか)えて夕日の浜を
知らぬ顔して、しやなしやなと。
にくいあん畜生は筑前(ちくぜん)しぼり、
華奢(きやしや)な指さき濃青(こあを)に染めて、

金の指輪もちらちらと。

にくいあん畜生が薄情な眼つき、
黒の前掛、毛繻子(けじゅす)か、セルか、
博多帯しめ、からころと。

にくいあん畜生と、擁(かか)えた猫と、
赤い入日にふとつまされて、
潟(がた)に陥(はま)つて死ねばよい。ホンニ、ホンニ……

（きたはら・はくしゅう　一八八五～一九四二。初収：「邪宗門秘曲」「空に真赤な」――『邪宗門』易風社　一九〇九年／「紺屋のおろく」――『思ひ出』東雲堂書店　一九一一年）

萩原朔太郎

殺人事件

とほい空でぴすとるが鳴る。
またぴすとるが鳴る。
ああ私の探偵は玻璃（はり）の衣装（いしやう）をきて、
こひびとの窓からしのびこむ、
床は晶玉、
ゆびとゆびとのあひだから、
まつさをの血がながれてゐる、
かなしい女の屍体のうへで、
つめたいきりぎりすが鳴いてゐる。

しもつき上旬（はじめ）のある朝、

探偵は玻璃の衣装をきて、
街の十字巷路(よつつぢ)を曲つた。
十字巷路に秋のふんすゐ。
はやひとり探偵はうれひをかんず。

みよ、遠いさびしい大理石の歩道を、
曲者(くせもの)はいつさんにすべつてゆく。

天景

しづかにきしれ四輪馬車、
ほのかに海はあかるみて、
麦は遠きにながれたり、
しづかにきしれ四輪馬車。
光る魚鳥の天景を、

また窓青き建築を、
しづかにきしれ四輪馬車。

猫

まつくろけの猫が二疋（にひき）、
なやましいよるの家根のうへで、
ぴんとたてた尻尾のさきから、
糸のやうなみかづきがかすんでゐる。
『おわあ、こんばんは』
『おわあ、こんばんは』
『おぎやあ、おぎやあ、おぎやあ』
『おわああ、ここの家の主人は病気です』

（はぎわら・さくたろう　一八八六〜一九四二。初収：「殺人事件」「天景」「猫」――『月に吠える』感情詩社・白日社出版部　一九一七年）

室生犀星

昨日いらつしつて下さい

きのふ　いらつしつてください。
きのふの今ごろいらつしつてください。
そして昨日の顔にお逢(あ)ひください、
わたくしは何時も昨日の中にゐますから。
きのふのいまごろなら、
あなたは何でもお出来になつた筈です。
けれども行停りになつたけふも
あすもあさつても
あなたにはもう何も用意してはございません。
どうぞ　きのふに逆戻りしてください。
きのふいらつしつてください。

昨日へのみちはご存じの筈です、
昨日の中でどうどう廻(まは)りなさいませ。
その突き当りに立つてゐらつしやい。
突き当りが開くまで立つてゐてください。
威張(ゐば)れるものなら威張つて立つてください。

（むろお・さいせい　一八八九〜一九六二。初収：「昨日いらつしつて下さい」――『昨日いらつしつて下さい』五月書房　一九五九年）

日夏耿之介

薄志弱行ノ歌

第一

狭霧が降る　ひたひたと天八衢たち罩めて
厳冬のかはたれの街燈が泪ににじむ
――海底の燭火のやうだ

嗚呼　わざとらしい回心からこの身を避けて
生なかな刺戟の感に恍惚する
はなやかさ　よろこばしさ　こまやかさ
薄志弱行の美俗かな

第二

光線(ひかり)が射(さ)す　おぼろおぼろにうち霞む
巷巷の鳩尾骨(ひらぼね)に　恥骨(ちこつ)のきはに　脳蓋(なうがい)に
——山巓(さんてん)の狼煙(のろし)のやうだ

嗚呼　迂遠(うとま)しい族類の桛(てかせき)を毀つて
幻景のこの放傲(はうがう)に耽嗜(たんし)するその
あでやかさ　いぢらしさ　しどけなさ
薄志弱行の美禄かな

第三

小風(こかぜ)が吹く　〓〓(せきれき)と仇風(あだかぜ)つよく吹きすさぶ
四つ辻の童馬(どうば)の桛(もと)を溝下を　習習(なよびなよび)に
——密林の断煙(けぶり)のやうだ

嗚呼　腑甲斐ない理性を棄てて来し方の
苛熱を疼む追憶に寝転ばふその
さわやかさ　ほこらしさ　おぞましさ
薄志弱行の美談かな

第四

游禽が啼く　五百八十鳥の荒事の
軒辺におらぶ鏖戦に　扮戯の裏に　剋伐に
——天上の雲雨のやうだ
嗚呼　徒然な義理人情の逆公事を死文と忌みて
まがまがし痴病の果てを想楽めるその
けうらかさ　なまめかしさ　みだらしさ
薄志弱行の美楽かな

第五

夜華が咲く　女方士の桟閣の
畳榭の上の翠篁に　幢のもと　ものかげに
——幽谷の肆戸のやうだ

嗚呼　鯘れはてた六波羅蜜のかよひ路をそびらに落ちて
晩冬の梔子色雲の居残れる石田に乱舞を喜む
けざやかさ　そのまぐはしさ　つからしさ
薄志弱行の美名かな

第六

星林がひかる　傀儡女の乙女さび
闇にほのめく麗貌のかがよふ上に　公苑に
——地下泉の紅焔のやうだ

嗚呼　古冊を展じ鳥跡を玩び瓦当を嗜み刀布を味ふ
頽齢の賤買　非役の官人のともがらに似てげにその貧しき使鬼銭の

うららかさ　おびただしさ　ひねこびさ
薄志弱行の美服かな

第七

黒雨(あめ)が降る　寒蟾(かんせん)のちらめく隙を蕭蕭(せうせう)と
古代に寂びた僧房の枯冢(こちよう)の上の俑人(ようじん)に
——宴媟(ぶれいかう)の蘇小(そせう)のやうだ

あはれはれ　知死期(ちしご)どき　八十隈(やそくま)の坊門の蜘蛛手(くもで)なす煩瑣(はんさ)学文(がくもん)に無常を感じ
道を去り年紀(よはひ)を忘れ家業(いへ)を廃(す)て　恬(てん)として咒語(じゆご)を束(つか)ね耿耿(かうかう)と解尸(かいし)を念ず
こころよさ　なんだぐましさ　はしたなさ
薄志弱行の美爵かな

（ひなつ・こうのすけ　一八九〇〜一九七一。初収：「薄志弱行ノ歌」——『詩集咒文』戯苑発售処〈小山田三郎〉一九三三年）

堀口大學

砂の枕

砂の枕はくづれ易い
少女よ　お行儀よくしませう
沢山な星が見てゐますれば
あらはな膝はかくしませう

海の風景

空の石盤に
鷗がＡＢＣを書く

海は灰色の牧場です
白波は綿羊の群であらう

船が散歩する
煙草を吸ひながら

船が散歩する
口笛を吹きながら

魂よ

魂よ、
お前は扇なのだから、
そして夏はもう過ぎたのだから、
片隅のお前の席へ戻つておいで、

邪魔になつてはいけないのだから。

魂よ、
お前は扇なのだから、
そして夏はもう過ぎたのだから、
もう一度自分に用があらうなぞと
思つてはいけないのだから、
たとへ夏はまた戻つて来ても
来年には
来年の流行（はやり）があるのだから。

魂よ、
お前は扇なのだから
お前は羽搏（はばた）きはするが
翔ぶことは出来ないのだから、
似てはゐても

お前は翼ではないのだから。

いま時は、秋なのだから
そして冬も近いのだから、
邪魔になつてはいけないのだから
お前は小さくなつて
片隅のお前の位置(ありか)で
松吹く風の声と
岸打つ波のひびきに
わななきながら
聴きいつてゐるがよいのだ。

魂よ、
お前は、
お前は
扇なのだから。

（戦ひの日、興津(おきつ)にて）

昔

せまいベットを悦(よろこ)んだ
そんな昔もありました

初夜

越の国なかつ久比岐(くびき)の
妙高は少女子(おとめご)の山
白妙の雪の谷あい
落ちていた朱鷺(とき)のなきがら

（ほりぐち・だいがく　一八九二〜一九八一。初収：「砂の枕」「海の風景」―『砂の枕』第一書房　一九二六年／「魂よ」―『人間の歌』宝文館　一九四七年／「昔」「初夜」―『エロチック』プレス・ビブリオマーヌ　一九六五年）

佐藤春夫

秋刀魚の歌

あはれ
秋風よ
情あらば伝へてよ
——男ありて
今日の夕餉に　ひとり
さんまを食ひて
思ひにふける　と。

さんま、さんま、
そが上に青き蜜柑の酸をしたたらせて
さんまを食ふはその男がふる里のならひなり。

そのならひをあやしみなつかしみて女は
いくたびか青き蜜柑をもぎて夕餉にむかひけむ。
あはれ、人に捨てられんとする人妻と
妻にそむかれたる男と食卓にむかへば、
愛うすき父を持ちし女の児(こ)は
小さき箸をあやつりなやみつつ
父ならぬ男にさんまの腸(はら)をくれむと言ふにあらずや。

あはれ
秋風よ
汝(なれ)こそは見つらめ
世のつねならぬかの団欒(まどゐ)を。
いかに
秋風よ
いとせめて
証(あかし)せよ　かの一ときの団欒(まどゐ)ゆめに非(あら)ずと。

あはれ
秋風よ
情（こころ）あらば伝へてよ、
夫を失はざりし妻と
父を失はざりし幼児（おさなご）とに伝へてよ
――男ありて
今日の夕餉に　ひとり
さんまを食ひて
涙をながす　と。

さんま、さんま、
さんま苦いか塩（しよ）つぱいか。
そが上に熱き涙をしたたらせて
さんまを食ふはいづこの里のならひぞや。
あはれ

げにそは問はまほしくをかし。

海の若者

若者は海で生れた。
風を孕(はら)んだ帆の乳房で育つた。
すばらしく巨(おほき)くなつた。
或(あ)る日　海へ出て
彼は　もう　帰らない。
もしかするとあのどつしりした足どりで
海へ大股に歩み込んだのだ。
とり残された者どもは
泣いて小さな墓をたてた。

故事二篇

ユウリシス

人生の浪路（なみぢ）はるばると
サイレンの島にさしかかる
その歌ごゑはききたいし
さて白骨にはなりたくない
うまい工夫をめぐらせる
ユウリシスはずるい男である

マグダラのマリア

彼女は七つの鬼に憑（つ）かれてゐた
どうやら七人の情夫もあつた
彼女の肉体は白と紫とだつた

彼女の霊(たましひ)は腐林檎(くされりんご)だつた
いい匂(にほひ)はしたが　とても食(く)へなかつた
とても食へなかつたが　いい匂がした

カリグラム

尋ね人新聞広告文案

こぞの雪いまいづこ（春）

俗謡「雪をんな」

顔はまつ白けで
こころは魔もの

抱かれ心地はこの上ないが
聞けば逢(あ)ふには命がけ

（さとう・はるお　一八九二～一九六四。初収：「秋刀魚の歌」―『我が一九二二年』新潮社　一九二三年／「海の若者」―『佐藤春夫詩集』第一書房　一九二六年／「故事二篇」「カリグラム」「俗謡「雪をんな」」―『魔女』以士帖印社　一九三一年）

西脇順三郎

雨

南風は柔い女神をもたらした。
青銅をぬらした、噴水をぬらした、
ツバメの羽と黄金の毛をぬらした、
潮をぬらし、砂をぬらし、魚をぬらした。
静かに寺院と風呂場と劇場をぬらした、
この静かな柔い女神の行列が
私の舌をぬらした。

旅人

汝(なんじ)カンシヤクもちの旅人よ
汝の糞は流れて、ヒベルニヤの海
北海、アトランチス、地中海を汚した
汝は汝の村へ帰れ
郷里の崖を祝福せよ
その裸の土は汝の夜明だ
あけびの実は汝の霊魂の如く
夏中ぶらさがつてゐる

（にしわき・じゅんざぶろう　一八九四〜一九八二。初収：「雨」「旅人」――『*Ambarvalia*』椎の木社　一九三三年）

金子光晴

ニッパ椰子（やし）の唄

赤鏽（あかさび）の水のおもてに
ニッパ椰子が茂る。
満々と漲（みなぎ）る水は、
天とおなじくらゐ
高い。

むしむしした白雲の映る
ゆるい水襞（みなひだ）から出て、
ニッパはかるく
爪弾（つまび）きしあふ。

こころのまつすぐな
ニッパよ。
漂泊の友よ。
なみだにぬれた
新鮮な睫毛(まつげ)よ。

なげやりなニッパを、櫂(かい)が
おしわけてすすむ。
まる木舟(きぶね)の舷(ふなばた)と並んで
川蛇がおよぐ。

バンジャル・マシンをのぼり
バトパハ河をくだる
両岸のニッパ椰子よ。
ながれる水のうへの

静思よ。
はてない伴侶よ。

文明のない、さびしい明るさが
文明の一漂流物、私をながめる。
胡椒(こせう)や、ゴムの
プランター達をながめたやうに。

「かへらないことが
最善だよ。」
それは放浪の哲学。

ニッパは
女たちよりやさしい。
たばこをふかしてねそべつてる
どんな女たちよりも。

ニッパはみな疲れたやうな姿態で、
だが、精悍(せいかん)なほど
いきいきとして。
聡明で
すこしの淫(みだ)らさもなくて、
すさまじいほど清らかな
青い襟足をそろへて。

洗面器

（僕は長年のあひだ、洗面器といふうつはは、僕たちが顔や手を洗ふのに湯、水を入れるものとばかり思つてゐた。ところが爪哇(ジャワ)人たちは、それに羊(カンビン)や、魚(イカン)や、鶏や果実などを煮込んだカレー汁をなみなみとたたへて、花咲く合歓木(ねむ)の木蔭でお客を待つてゐるし、その同じ洗面器にまたがつて広東(カントン)の女たちは、嫖客(へうかく)の目の前で不浄をきよめ、しやぼりしやぼりとさびしい音を立てて尿(いばり)をする。）

洗面器のなかの
さびしい音よ。

くれてゆく岬(タンジョン)の
雨の碇泊(とまり)。

ゆれて、
傾いて、
疲れたこころに
いつまでもはなれぬひびきよ。

人の生のつづくかぎり。
耳よ。おぬしは聴くべし。

洗面器のなかの
音のさびしさを。

（かねこ・みつはる　一八九五〜一九七五。初収：「ニッパ椰子の唄」「洗面器」―『女たちへのエレジー』創元社　一九四九年）

北村初雄

日輪

恒に東から西の方へと吹く風を受けて、
黄金の円い止木の上、吹き流される、
一羽の白い鶏の鳥冠が、
静かに帆を孕ます風に揺れて居る。

柔かい目眸に、白い髯を波立たせながら、
巡錫する古の聖者達、
刈込むだ小山の円頂に、長い耳を立てて、
兎馬たちが歩るいて居る。

夏の終り、澄んだ空の上、

幼い友達の手をとつて黍畑の側、
静かに見交し、笑ひ始める時、
白い鶏は啼き、首俛だれ、
西の方へと沈み消えて行く……

（きたむら・はつお　一八九七〜一九二二。初収：「日輪」――『正午の果実』家蔵版として発行　一九二〇年）

井伏鱒二

勧酒　　于武陵

勧君金屈巵
満酌不須辞
花発多風雨
人生足別離

コノサカヅキヲ受ケテクレ
ドウゾナミナミツガシテオクレ
ハナニアラシノタトヘモアルゾ
「サヨナラ」ダケガ人生ダ

逸題

今宵は仲秋明月
初恋を偲ぶ夜
われら万障くりあはせ
よしの屋で独り酒をのむ

春さん蛸のぶつ切りをくれえ
それも塩でくれえ
酒はあついのがよい
それから枝豆を一皿

ああ　蛸のぶつ切りは臍みたいだ
われら先づ腰かけに坐りなほし
静かに酒をつぐ
枝豆から湯気が立つ

今宵は仲秋明月
初恋を偲ぶ夜
われら万障くりあはせ
よしの屋で独り酒をのむ

（新橋よしの屋にて）

（いぶせ・ますじ　一八九八〜一九九三。初収：「勧酒」「逸題」―『厄除け詩集』野田書房　一九三七年）

安西冬衛

春

てふてふが一匹韃靼(だつたん)海峡を渡つて行つた。

測量艦　不知奈(ふじな)

一

私は測量艦不知奈の運用をつづけた。

雪白なダンテルのシュミズをぬいで、波斯(ペルシヤ)湾が現はれた。

チグリス、ユーフラットの両(ふた)つの河が静脈のやうに、纏(ま)いてその内股に消えた。

バーレイン諸島英波係争問題。
紛争は常にハレムに始まるのだ。

二

妹は併し微笑する。
柔い拒絶。
兵器は必ずしも重工業の同意を要しない。
微笑はその武器だ。

この時曙のやうに、天癸が新に妹に始まつた。

(あんざい・ふゆえ　一八九八〜一九六五。初収:「春」—『軍艦茉莉』厚生閣書店　一九二九年/「測量艦　不知奈」—『大学の留守』湯川弘文社　一九四三年)

吉田一穂

母

あゝ麗はしい距離（デスタンス）、
つねに遠のいてゆく風景……

悲しみの彼方、母への、
捜（さぐ）り打（う）つ夜半の最弱音（ピアニッシモ）。

トラピスト修道院

わがふるさとは Notre Dame de Phare のほとり
熟（う）れ麦（むぎ）は早や収穫（とりいれ）の緩調曲（アンダンテ）を囁（ささや）き、

杳けきもののひとすぢに鳴く蟋蟀。
落ちる葉の幽けきに聴きて泉を探ね、
羊歯の化石に神を悟る僧院の人々。
鋤をすてて立つ野の祈りに晩鐘は鳴る。
明日の静かなる希ひに沈む地平の秋。

家系樹

祖父（1863—）は銃を担つて霧に濡れながら沼沢地方の猟場を駈け廻つてゐるだらう。葉を落した森林、獣の足跡、野鴨の降りる沼地、壮者のやうに木を斫り、水を汲み、火を焚いて松鶏の黎明を待つだらう。古蘇格蘭風の厚い土塀をめぐらした、最後の封建的な一族の住む、その生霊のやうな邸で、老いたる家長は癇癖強く、厳格で、専制的であつた。ドメスティクな煖炉、湯気のたつ厨房、揺れる石油燈の暈、煤けた天井、屋根室への裏梯子(はしご)、冬の菜や酒を蔵(しま)つて置く窖(あなぐら)、多勢の婢僕(ひぼく)たち、内庭の納屋(なや)に蓄へられた穀物……

彼（1898―）は円頂や尖塔(せんとう)、時計台のある市の大学で、一九一〇年代の自由思想を呼吸した。論争し、懐疑に耽(ふけ)り、麦酒を飲み、試験に苦しみ、競技に熱中し、その学生々活(ボヘミアンライフ)の習ひに従つて決闘もした。

彼女（1903―）嬰児を捧げる女体支柱(カリヤテイイデ)。

檀（1929―）母の肩越しに子午線と地平の双曲線の投影する季節。音・色・線の形づくるカレドスコープの世界〈意味〉の新しい分裂！

八峯（1935―）雷鳴の下に生れて、もはや心臓はそれ一個の鼓動ではない。

犬（E. A. Poe）ポインター種。

（よしだ・いっすい　一八九八～一九七三。初収：「母」「トラピスト修道院」――『海の聖母』金星堂　一九二六年／「家系樹」――『稗子伝』ボン書店　一九三六年）

三好達治

春の岬

春の岬旅のをはりの鷗（かもめ）どり
浮きつつ遠くなりにけるかも

乳母車

母よ——
淡くかなしきもののふるなり
紫陽花（あぢさゐ）いろのもののふるなり
はてしなき並樹（なみき）のかげを
そうそうと風のふくなり

時はたそがれ
母よ　私の乳母車を押せ
泣きぬれる夕陽にむかつて
轔々（りんりん）と私の乳母車を押せ

赤い總（ふさ）ある天鵞絨（びろおど）の帽子を
つめたき額（ひたひ）にかむらせよ
旅いそぐ鳥の列にも
季節は空を渡るなり

淡くかなしきもののふる
紫陽花いろのもののふる道
母よ　私は知つてゐる
この道は遠く遠くはてしない道

甃（いし）のうへ

あはれ花びらながれ
をみなごに花びらながれ
をみなごしめやかに語らひあゆみ
うららかの跫音（あしおと）空（そら）にながれ
をりふしに瞳をあげて
翳（かげ）りなきみ寺（てら）の春をすぎゆくなり
み寺の甍（いらか）みどりにうるほひ
廂（ひさし）々に
風鐸（ふうたく）のすがたしづかなれば
ひとりなる
わが身の影をあゆまする甃のうへ

（みよし・たつじ　一九〇〇〜一九六四。初収：「春の岬」「乳母車」「甃のうへ」――『測量船』第一書房　一九三〇年）

中野重治

わかれ

あなたは黒髪をむすんで
やさしい日本のきものを着ていた
あなたはわたしの膝の上に
その大きな眼を花のようにひらき
またしずかに閉じた

あなたのやさしいからだを
わたしは両手に高くさしあげた
あなたはあなたのからだの悲しい重量を知っていますか
それはわたしの両手をつたって
したたりのようにひびいてきたのです

両手をさしのべ眼をつむつて
わたしはその沁(し)みてゆくのを聞いていたのです
したたりのように沁みてゆくのを

新聞にのつた写真

ごらんなさい
こつちから二番目のこの男をごらんなさい
これはわたしのアニキだ
あなたのもう一人の息子だ
あなたのもう一人の息子　私のアニキが
ここにこのような恰好(かっこう)をして
脚絆(きゃはん)をはかされ
弁当をしよわされ
重い弾薬嚢(だんやくのう)でぐるぐる巻きにされ

かまえ銃(つつ)　たま込め　つけ剣をさされて
ここに
上海(シャンハイ)総工会の壁の前に
足をふんばつて人殺しの顔つきで立たされている
ごらんなさい　母よ
あなたの息子が何をしようとしているかを
あなたの息子は人を殺そうとしている
見も知らぬ人をわけもなく突き殺そうとしている
その壁の前にあらわれる人は
そこであなたの柔(やさ)しいもう一人の息子の手で
そのふるえる胸板をやにわに抉(えぐ)られるのだ
いつそうやにわにいつそう鋭く抉られるために
あなたの息子の腕が親ゆびのマムシのように縮んでいるのをごらんなさい
そしてごらんなさい
壁のむこうがわを
そこの建物のなかで

たくさんの部屋と廊下と階段と穴ぐらとのなかで
あなたによく似たよその母の息子たちが
錠前をねじきり
金庫をこじあけ
床と天井とをひつぺがして家(や)さがしをしているのを
物取りをしているのを
そしてそれを拒むすべての胸が
まるい胸や　乳房のある胸や　あなたの胸のように皺(しわ)のよつた胸やが
あなたの息子のと同じい銃剣で
前とうしろとから刺し抜かれるのをごらんなさい
おお
顔をそむけなさるな　母よ
あなたの息子が人殺しにされたことから眼をそらしなさるな
その人殺しの表情と姿勢とがここに新聞に写真になつてのつたのを
そのわななく手のひらで押えなさるな
愛する息子を腕のなかからもぎ取られ

そしてその胸に釘を打ちこまれた千人の母親たちのいることの前に
あなたがそのなかのただ一人でしかないことの前に
母よ
わたしとわたしのアニキとのただ一人の母よ
そのしばしばする老眼を目つぶりなさるな

雨の降る品川駅

辛(しん)よ　さようなら
金(きん)よ　さようなら
君らは雨の降る品川駅から乗車する
李(り)よ　さようなら
も一人の李よ　さようなら
君らは君らの父母(ちちはは)の国にかえる

君らの国の川はさむい冬に凍る
君らの叛逆(はんぎゃく)する心はわかれの一瞬に凍る

海は夕ぐれのなかに海鳴りの声をたかめる
鳩は雨にぬれて車庫の屋根からまいおりる

君らは雨にぬれて君らを追う日本天皇を思い出す
君らは雨にぬれて　髭(ひげ)　眼鏡　猫脊の彼を思い出す

ふりしぶく雨のなかに緑のシグナルはあがる
ふりしぶく雨のなかに君らの瞳はとがる

雨は敷石にそそぎ暗い海面におちかかる
雨は君らの熱い頰にきえる

君らのくろい影は改札口をよぎる
君らの白いモスソは歩廊の闇にひるがえる

シグナルは色をかえる
君らは乗りこむ

君らは出発する
君らは去る

さようなら　辛
さようなら　金
さようなら　李
さようなら　女の李

行つてあのかたい　厚い　なめらかな氷をたたきわれ
ながく堰(せ)かれていた水をしてほとばしらしめよ

日本プロレタリアートのうしろ盾まえ盾
さようなら
報復の歓喜に泣きわらう日まで

(なかの・しげはる　一九〇二〜一九七九。初収:「わかれ」「新聞にのつた写真」「雨の降る品川駅」──『中野重治詩集』ナウカ社　一九三五年　＊は検閲のあった時代、各版をつうじて最後まで伏字であった箇所を示す)

山之口貘

来意

もしもの話この僕が
お宅の娘を見たさに来たのであつたなら
をばさんあなたはなんとおつしやるか
もしもそれゆえはるばると
旗ケ岡には来るのであると申すなら
なほさらなんとおつしやるか
もしもの話この話
もしもの話がもしものこと
真実だつたらをばさんあなたはなんとおつしやるか

きれいに咲いたあの娘
きれいに咲いたその娘
真実みないでこの僕がこんなにゆつくりお茶をのむもんか。

会話

お国は？　と女が言つた
さて　僕の国はどこなんだか　とにかく僕は煙草に火をつけるんだが　刺青と蛇皮線
などの聯想を染めて　図案のやうな風俗をしてゐるあの僕の国か！
ずつとむかう

ずつとむかうとは？　と女が言つた
それはずつとむかう　日本列島の南端の一寸手前なんだが　頭上に豚をのせる女がゐ
るとか　素足で歩くとかいふやうな　憂鬱な方角を習慣してゐるあの僕の国か！

南方

南方とは？　と女が言つた
南方は南方　濃藍の海に住んでゐるあの常夏の地帯　龍舌蘭(りゆうぜつらん)と梯梧(でいご)と阿旦(あだん)とパパイヤ
などの植物達が　白い季節を被つて寄り添ふてゐるんだが　あれは日本人ではない
とか　日本語は通じるかなどと話し合ひながら　世間の既成概念達が寄留するあの
僕の国か！
亜熱帯
アネツタイ！　と女は言つた
亜熱帯なんだが　僕の女よ　眼の前に見える亜熱帯が見えないのか！　この僕のやう
に　日本語の通じる日本人が　即ち(すなは)亜熱帯に生れた僕らなんだと僕はおもふんだが
酋長(しうちやう)だの土人だの唐手だの泡盛だのの同義語でも眺めるかのやうに　世間の偏見達
が眺めるあの僕の国か！
赤道直下のあの近所

（やまのくち・ばく　一九〇三～一九六三。初収：「来意」「会話」――『思弁の苑』むらさき出版部　一九三八年）

伊藤整

春日

春の畑に老婆がひとり
土は俄雨（にはかあめ）と太陽の熱とで気持よい暖かさを抱いてゐる。
老婆は軟（やはらか）い畑に畝（うね）をつくり
黒土の穴に
真白い豆を一つ一つ並べてゐる。
その豆の間違なく萌（も）え出るのを知るもののやうに
ていねいに
いつくしみつゝ土をかける。
この老いたる女と白き豆とに約束あり
夢みる太陽の廻転（くわいてん）するいま
老いたる女と白き豆とに約束あり。

ふるさと

ふるさとも貧しくなつたなあ。
木の葉を落しつくして
暮れてゆく故郷の山は　ほうほうとそそけてゐた。
私は横降りのつめたい雨に
ズボンの脛をすつかり濡らして
黒い洋傘のかげから　つぎつぎに
もう置いてゆくふるさとをのぞいた。
父母も兄弟も
いつ奪はれるといふ小さな幸福をめぐつて
昔よりは寂しく生きてゐた。
ああ　私はただ心細くなりに帰つたやうなものだつた。
雨の中に停車場がしよんぼりとたたずみ

そこにとまる汽車は洋燈(ランプ)をつけて
影の深い顔ばかり啞(おし)みたいに並んでゐた。
ああ　こんなたよりない故郷を置いて行くのは
今度の冬にでも雪に埋れて無くなるやうだ。

（いとう・せい　一九〇五〜一九六九。初収：「春日」―『雪明りの路』椎の木社　一九二六年／「ふるさと」―『冬夜』近代書房　一九三七年）

中原中也

帰郷

柱も庭も乾いてゐる
今日は好い天気だ
　椽(えん)の下では蜘蛛(くも)の巣が
　心細さうに揺れてゐる

山では枯木も息を吐(つ)く
あゝ今日は好い天気だ
　路傍(みちばた)の草影が
　あどけない愁(かな)しみをする

これが私の故里(ふるさと)だ

さやかに風も吹いてゐる
　心置なく泣かれよと
　　年増婦(としま)の低い声もする

あゝ　おまへはなにをして来たのだと……
吹き来る風が私に云ふ

　汚れつちまつた悲しみに……

汚れつちまつた悲しみに
今日も小雪の降りかかる
汚れつちまつた悲しみに
今日も風さへ吹きすぎる

汚れつちまつた悲しみは

たとへば狐(きつね)の革裘(かはごろも)
汚れつちまつた悲しみは
小雪のかかつてちぢこまる

汚れつちまつた悲しみは
なにのぞむなくねがふなく
汚れつちまつた悲しみは
倦怠(けだい)のうちに死を夢む

汚れつちまつた悲しみに
いたいたしくも怖気(おぢけ)づき
汚れつちまつた悲しみに
なすところもなく日は暮れる……

修羅街輓歌（ばんか）　III

いといと淡き今日の日は
雨蕭々（せうせう）と降（ふ）り洒（そそ）ぎ、
水より淡（あは）き空気にて
林の香りすなりけり。

げに秋深き今日の日は
石の響きの如くなり。
思ひ出だにもあらぬがに
まして夢などあるべきか。

まことや我は石のごと
影の如くは生きてきぬ……
呼ばんとするに言葉なく
空の如くはてもなし。

それよかなしきわが心
いはれもなくて拳する
誰をか責むることかある?
せつなきことのかぎりなり。

(なかはら・ちゅうや 一九〇七〜一九三七。初収:「帰郷」「汚れつちまつた悲しみに……」「修羅街輓歌 Ⅲ」──『山羊の歌』文圃堂書店 一九三四年)

天野忠

声

うさぎが
蟻（あり）の声を聞こうとして
あの大きな耳を
ぴったり　地面にくっつけた

二千年も
三千年も昔からの
はるかな世界からのように
その声はした

――暗い

問い

サクラメント市の
インデアンアベニュの
A・ジャドソン氏の家の
地階にある物置場の
水道の蛇口の
ま下で
一日中
とつおいつ
なめくじが考えごとをしていた

どうして
わしは

生れてきたか？

（あまの・ただし　一九〇九～一九九三。初収「声」「問い」―『動物園の珍しい動物』
文童社　一九六六年）

中村真一郎

頌歌（しょうか）　Ⅷ

洪水の夢流す遠い空から
夕べは今離れ落ちる羽のやう
船は帰る黝（くす）む海乱す模様
帆の蔭（かげ）に眠り光る魚（うを）のうから

御覧　氷浮く君の胸の宝
菫（すみれ）に透かす豊かな時躊（ためら）ふ
想ひ　魂の井戸より昇り　今日
溶ける永遠（とは）の宇宙に燦（きらめ）き乍（なが）ら

生滅の業の鳴る大いなる河

我が耳に注ぐ君に延す枝は
千のいのち緑に揺り闇に勝つ

明日の方に岬巡る黄金の泡
縁取りに我の編む望みの花輪
青く顫へ翳り行く窓の真夏

（なかむら・しんいちろう　一九一八〜一九九七。初収：「頌歌　Ⅷ」——『中村真一郎詩集』書肆ユリイカ　一九五〇年）

福永武彦

詩法

北の座を示すしるべは乱れ
ここよりは人知らぬ海の道
韻律はかなしい星に生れ
象（かたち）はあこがれる未来の位置

この夢を織るたくみのわざ　我
日（ひ）と夜（よる）とをつなぐ潮路に立ち
みかへれば　清い想ひを語れ
遠い時劫に眠る言葉たち

花はくちびるに笑み　褪（あ）せる赤

美は空のもとに泯（ほろ）びる歌か
いな　無辺にひらくいのちを秘め
響きあふ影の無双の世界
巣立ち行く鳥は彼岸に向ひ
象徴の渦はひろがりはじめ

（ふくなが・たけひこ　一九一八〜一九七九。初収：「詩法」――『福永武彦詩集』麦書房
一九六六年）

吉岡実

僧侶

1

四人の僧侶
庭園をそぞろ歩き
ときに黒い布を巻きあげる
棒の形
憎しみもなしに
若い女を叩く
こうもりが叫ぶまで
一人は食事をつくる
一人は罪人を探しにゆく

一人は自瀆
一人は女に殺される

2

四人の僧侶
めいめいの務めにはげむ
聖人形をおろし
磔に牝牛を掲げ
一人が一人の頭髪を剃り
死んだ一人が祈禱し
他の一人が棺をつくるとき
深夜の人里から押しよせる分娩の洪水
四人がいっせいに立ちあがる
不具の四つのアンブレラ
美しい壁と天井張り
そこに穴があらわれ

雨がふりだす

3

四人の僧侶
夕べの食卓につく
手のながい一人がフォークを配る
いぼのある一人の手が酒を注ぐ
他の二人は手を見せず
今日の猫と
未来の女にさわりながら
同時に両方のボデーを具(そな)えた
毛深い像を二人の手が造り上げる
肉は骨を緊(し)めるもの
肉は血に晒(さら)されるもの
二人は飽食のため肥(ふと)り
二人は創造のためやせほそり

4

四人の僧侶
朝の苦行に出かける
一人は森へ鳥の姿でかりうどを迎えにゆく
一人は川へ魚の姿で女中の股をのぞきにゆく
一人は街から馬の姿で殺戮(さつりく)の器具を積んでくる
一人は死んでいるので鐘をうつ
四人一緒にかつて哄笑(こうしょう)しない

5

四人の僧侶
畑で種子を播(ま)く
中の一人が誤って
子供の臀(しり)に蕪(かぶ)を供える
驚愕(きょうがく)した陶器の顔の母親の口が

赭(あか)い泥の太陽を沈めた
非常に高いブランコに乗り
三人が合唱している
死んだ一人は
巣のからすの深い咽喉(のど)の中で声を出す

6

四人の僧侶
井戸のまわりにかがむ
洗濯物は山羊(やぎ)の陰嚢(いんのう)
洗いきれぬ月経帯
三人がかりでしぼりだす
気球の大きさのシーツ
死んだ一人がかついで干しにゆく
雨のなかの塔の上に

7

四人の僧侶
一人は寺院の由来と四人の来歴を書く
一人は世界の花の女王達の生活を書く
一人は猿と斧（おの）と戦車の歴史を書く
一人は死んでいるので
他の者にかくれて
三人の記録をつぎつぎに焚（や）く

8

四人の僧侶
一人は枯木の地に千人のかくし児（ご）を産んだ
一人は塩と月のない海に千人のかくし児を死なせた
一人は蛇とぶどうの絡まる秤（はかり）の上で
死せる者千人の足生ける者千人の眼の衡量の等しいのに驚く

一人は死んでいてなお病気
石塀の向うで咳(せき)をする

9

四人の僧侶
固い胸当(むねあて)のとりでを出る
生涯収穫がないので
世界より一段高い所で
首をつり共に嗤(わら)う
されば
四人の骨は冬の木の太さのまま
縄のきれる時代まで死んでいる

（よしおか・みのる　一九一九〜一九九〇。初収：「僧侶」——『僧侶』書肆ユリイカ　一九五八年）

石垣りん

くらし

食わずには生きてゆけない。
メシを
野菜を
肉を
空気を
光を
水を
親を
きようだいを
師を
金もこころも

食わずには生きてこれなかつた。
ふくれた腹をかかえ
口をぬぐえば
台所に散らばつている
にんじんのしつぽ
鳥の骨
父のはらわた
四十の日暮れ
私の目にはじめてあふれる獣の涙。

（いしがき・りん　一九二〇〜二〇〇四。初収：「くらし」──『表札など』思潮社　一九六八年）

鶴見俊輔

この時

宇宙の底に
しずかにすわって
いると思う時がある
この自分が　まぼろし

私の眼にうつる人も
ここにいる時はみじかく
いない時の中に
この時が　浮かぶ

（つるみ・しゅんすけ　一九二二〜二〇一五。初収：「この時」――『鶴見俊輔集・続　5　アメノウズメ伝』筑摩書房　二〇〇一年）

北村太郎

ヨコハマ

一九六〇年夏

きたない海だ　洪水の河口のように
ミルクコーヒー色だ　おまけに
ビニールの袋や藁屑（わらくず）や、いかがわしいものが浮かんでいる　ぼくは
がっかりしてガムをかんだ　だが

やっぱり港はすてきな光りと響きだ　真夏の
青空の下の、たくさんの貨物船はすばらしい威厳だ　おお
おびただしい国よ地図よ欲望よ法律よ！
ペンキを塗りかえたばかりの緑色の船と
貝殻のこびりついた、錆（さ）びた船とが

ひとつのブイに繫(つな)がれている
そのもやい綱のむこうの白灯台と赤灯台のあいだからは
水色のタグボートにひかれて、鼠(ねずみ)色のタンカーが入ってくる

いっぱいに絞った写真のように
オレンジ色や茶色のマストが重なりあい
かもめたちの残像のあとに、ドックのクレーンが迫ってくる
リベットを打つ音、テナーサックスがあくびする汽笛、バースの
いつも陰気な岸壁を、猫のようになめている
波の舌、大桟橋から街へ
フルスピードで走っていくタクシーの
熱いゴムのきしり…車には、小麦色の
かわいいオンリーが、シガレットをふかしていた　だが
やっぱり港はいい匂いだ　チーフ・オフィサーの白い制服も
過重労働の若い荷役人夫のグリースくさい汗も

みんなすてきにロマンチックだ
（こどものとき、配管工か
貨物船のかまたきになりたいと思ったことがあった）
ぼくは満足してガムをほきだし、ポケットからサングラスを出して
かけた　そしてマストの信号旗や
煙突のマークを、もういちど
ゆっくり観察しはじめた

（きたむら・たろう　一九二二〜一九九二。初収：「ヨコハマ　一九六〇年夏」──『北村太郎詩集』思潮社　一九六六年）

原條あき子

娼婦 2

緑の髪して　朱い脣(くちびる)
冷いからだのおまえを愛し
ガラスの眼を入れ　風に乾かし
たえまない愛撫(あいぶ)　真夏のまひる

優しく抱きしめ　言葉を教え
草いきれの中　ふたりさまよい
わたしはおまえにくちづけしたい
熱い太陽が消えるまで　彼方へ

そのとき　空のまばゆい陽ざしに

牛乳色した脂は流れ
舞い落ちる蝶(ちょう)　天に別れ
骨を噛(か)む小さな孤独も死に

横を向き　しなをつくり　つかのま
おまえがよせた唇　羽ばたき
なんの恥じらいもなく　咲き
誇つたかぐわしい笑いのさま

うつつに眺めても　湧く疑い
やわらかい胸の谷間に沈め
短い眠りは涙に目ざめ
不吉な愛を忘れてみたい

そこでおまえを裸にむいて
黒い心を鞭打(むちう)ち　洗い

ひそかに鉄道草も生えない
土に埋めて　ひと息ついて

さやさや遠くから呼ぶあの声に
そぞろなおまえを　ああ　なんとしよう
埋めた手足は火と燃えるよう
気まぐれな男の腕に抱かれに

めくらになつたおまえは逃れ
汗と香料のしたたりのあと
残された痛い苦しい夜ごと
わたしは地獄の底　焼け焦がれ

心変わりする女　卑しい
おまえなんか　もう愛さない
おまえはわたしに値いはしない

行きすぎ　振り返つても　見たくない

（はらじょう・あきこ　一九二三〜二〇〇三。初収：「娼婦　2」——『やがて麗しい五月が訪れ　原條あき子全詩集』書肆山田　二〇〇四年）

田村隆一

幻を見る人　四篇

空から小鳥が墜ちてくる
誰もいない所で射殺された一羽の小鳥のために
野はある

窓から叫びが聴えてくる
誰もいない部屋で射殺されたひとつの叫びのために
世界はある

空は小鳥のためにあり　小鳥は空からしか墜ちてこない
窓は叫びのためにあり　叫びは窓からしか聴えてこない

どうしてそうなのかわたしには分らない
ただどうしてそうなのかをわたしは感じる

小鳥が墜ちてくるからには高さがあるわけだ　閉されたものがあるわけだ
叫びが聴えてくるからには

野のなかに小鳥の屍骸があるように　わたしの頭のなかは死でいっぱいだ
わたしの頭のなかに死があるように　世界中の窓という窓には誰もいない

*

はじめ
わたしはちいさな窓から見ていた
四時半
犬が走り過ぎた
ひややかな情熱がそれを追った

（どこから犬はきたか
その瘦せた犬は
どこへ走り去つたか
われわれの時代の犬は）
（いかなる暗黒がおまえを追うか
いかなる欲望がおまえを走らせるか）

二時
梨の木が裂けた
蟻（あり）が仲間の屍骸をひきずつていつた

（これまでに
われわれの眼で見てきたものは
いつも終りからはじまつた）
（われわれが生れた時は
とつくにわれわれは死んでいた

われわれが叫び声を聴く時は
もう沈黙があるばかり)

一時半
非常に高いところから
一羽の黒鳥が落ちてきた

(この庭はだれのものか
秋の光りのなかで
荒廃しきつたこの淋しい庭は
だれのものか)
(鳥が獲物を探すように
非常に高いところにいる人よ
この庭はだれのものか)

十二時

遠くを見ている人のような眼で
わたしは庭を見た

*

空は
われわれの時代の漂流物でいっぱいだ
一羽の小鳥でさえ
暗黒の巣にかえってゆくためには
われわれのにがい心を通らねばならない

*

ひとつの声がおわつた　夜明けの
鳥籠のなかでそれをきいたとき
その声がなにを求めているものか
わたしには分らなかつた

ひとつのイメジが消えた　夕闇の
救命ボートのなかでそれをみたとき
その影がなにから生れたものか
わたしには分らなかつた

鳥籠から飛びさつて　その声が
われらの空をつくるとき
救命ボートをうち砕いて　その影が
われらの地平線をつくるとき
わたしの渇きは正午のなかにある

天使

ひとつの沈黙がうまれるのは

われわれの頭上で
天使が「時」をさえぎるからだ

二十時三十分青森発　北斗三等寝台車
せまいベッドで眼をひらいている沈黙は
どんな天使がおれの「時」をさえぎったのか

窓の外　石狩平野(いしかりへいや)から
関東平野につづく闇のなかの
あの孤独な何千万の灯をあつめてみても
おれには
おれの天使の顔を見ることができない

帰途

言葉なんかおぼえるんじやなかつた
言葉のない世界
意味が意味にならない世界に生きてたら
どんなによかつたか

あなたが美しい言葉に復讐(ふくしゅう)されても
そいつは　ぼくとは無関係だ
きみが静かな意味に血を流したところで
そいつも無関係だ

あなたのやさしい眼のなかにある涙
きみの沈黙の舌からおちてくる痛苦
ぼくたちの世界にもし言葉がなかつたら
ぼくはただそれを眺めて立ち去るだろう

あなたの涙に　果実の核ほどの意味があるか

きみの一滴の血に　この世界の夕暮れの
ふるえるような夕焼けのひびきがあるか

言葉なんかおぼえるんじやなかつた
日本語とほんのすこしの外国語をおぼえたおかげで
ぼくはあなたの涙のなかに立ちどまる
ぼくはきみの血のなかにたつたひとりで帰つてくる

（たむら・りゅういち　一九二三〜一九九八。初収：「幻を見る人　四篇」―『四千の日と夜』東京創元社　一九五六年／「天使」「帰途」―『言葉のない世界』昭森社　一九六二年）

谷川雁

商人

おれは大地の商人になろう
きのこを売ろう　あくまでにがい茶を
色のひとつ足らぬ虹を

夕暮れにむずがゆくなる草を
わびしいたてがみを　ひずめの青を
蜘蛛の巣を　そいつらみんなで

狂った麦を買おう
古びておおきな共和国をひとつ
それがおれの不幸の全部なら

つめたい時間を荷作りしろ
ひかりは桝に入れるのだ

さて　おれの帳面は森にある
岩蔭にらんぼうな数学が死んでいて
なんとまあ下界いちめんの贋金は
この真昼にも錆びやすいことだ

（たにがわ・がん　一九二三〜一九九五。初収：「商人」―『谷川雁詩集』国文社　一九六〇年）

茨木のり子

わたしが一番きれいだったとき

わたしが一番きれいだったとき
街々はがらがら崩れていって
とんでもないところから
青空なんかが見えたりした

わたしが一番きれいだったとき
まわりの人達が沢山死んだ
工場で　海で　名もない島で
わたしはおしゃれのきっかけを落してしまった

わたしが一番きれいだったとき

だれもやさしい贈物を捧げてはくれなかった
男たちは挙手の礼しか知らなくて
きれいな眼差(まなざし)だけを残し皆発(た)っていった

わたしが一番きれいだったとき
わたしの頭はからっぽで
わたしの心はかたくなで
手足ばかりが栗(くり)色に光った

わたしが一番きれいだったとき
わたしの国は戦争で負けた
そんな馬鹿なことってあるものか
ブラウスの腕をまくり卑屈な町をのし歩いた

わたしが一番きれいだったとき
ラジオからはジャズが溢(あふ)れた

禁煙を破ったときのようにくらくらしながら
わたしは異国の甘い音楽をむさぼった

わたしが一番きれいだったとき
わたしはとてもふしあわせ
わたしはとてもとんちんかん
わたしはめっぽうさびしかった

だから決めた　できれば長生きすることに
年とってから凄（すご）く美しい絵を描いた
フランスのルオー爺さんのように
　　　　ね

（いばらぎ・のりこ　一九二六～二〇〇六。初収：「わたしが一番きれいだったとき」――『見えない配達夫』飯塚書店　一九五八年）

中村稔

海女

飯田桃に

りんりんと銭投ぐを止めよ
さうさうと
かなしみわたる　ゆふぐれの
岩うつ波に　瞳をうつせ……
見よ
海は海女くるそこ
うつばりの　白きはいかに
いま　たそがれ　風あふれくる
舟舷（ふなばた）の　きみしく揺るる

ああ
波に　消えてゆくひと
こんぜうの海のとぎれに
颯々（さつさつ）の風の逸（そ）ぎへに
沈みゆく　肩　あかきくちびる

海はしも　よひの明るさ
なめらかの肌に水沫（しぶ）きて
海そこに　波か立つらむ
岬めぐる
新潮たえて
ひとよ
りんりんと銭投ぐを止めよ

（なかむら・みのる　一九二七〜。初収：「海女」——『無言歌』書肆ユリイカ　一九五〇年）

多田智満子

星の戯れ

一瞬間たのしむために
一時間首を痛くする
流れ星は気まぐれだ
人は待つことに慣らされる

金の蝎(さそり)は狡(ずる)いから
射手座はいつもばかを見る
樹木はあきもせず腕をひろげて
なまめかしい闇を抱きたがる

逃げる白鳥を追いかけて

まっさかさまに銀河に墜(お)ちる
とつぜんうしろでたれかが笑う

ふりむくと朝が立っている
おはよう
そう云ってペロリと桃色の舌を出す

冬の殺人

キリキリ舞いして倒れた
犯人は鋭い口笛を吹き
たちまち黒いこがらしに
身をひるがえして逃走した

心臓には冬の星がつき刺さり

透明な血が亀裂となって肌をはしった
月の鎌はまっしぐらに闇を截(た)って
やわらかな耳朶(みみたぶ)を殺(そ)ぎ落した

ニュースは氷河をつたって
アフリカを脅かす
深いドラムが砂丘を打ち
裸の黒人は金属性の悲鳴をあげる

鮮血に染まる漂石！
犯人は新月を懐に呑(の)み
極から極へ
歯に風をくわえて走った

（ただ・ちまこ　一九三〇〜二〇〇三。初収：「星の戯れ」「冬の殺人」——『花火』書肆ユ

（リイカ　一九五六年）

大岡信

地名論

水道管はうたえよ
御茶（おちゃ）の水（みず）は流れて
鵠沼（くげぬま）に溜り
荻窪（おぎくぼ）に落ち
奥入瀬（おいらせ）で輝け
サッポロ
バルパライソ
トンブクトゥーは
耳の中で
雨垂（あまだ）れのように延びつづけよ
奇体にも懐かしい名前をもった

すべての土地の精霊よ
時間の列柱となって
おれを包んでくれ
おお　見知らぬ土地を限りなく
数えあげることは
どうして人をこのように
音楽の房でいっぱいにするのか
燃えあがるカーテンの上で
煙が風に
形をあたえるように
名前は土地に
波動をあたえる
土地の名前はたぶん
光でできている
外国なまりがベニスといえば
しらみの混ったベッドの下で

暗い水が囁(ささや)くだけだが
おお　ヴェネーツィア
故郷を離れた赤毛の娘が
叫べば　みよ
広場の石に光が溢(あふ)れ
風は鳩(はと)を受胎する
おお
それみよ
瀬田(せた)の唐橋(からはし)
雪駄(せった)のからかさ
東京は
いつも
曇り

あかつき葉っぱが生きている

なぜか
くだものの内がわへ
涼しい雨足がたっていたのだ
その明け方

葱(ねぎ)と豆腐は
香ばしい匂いの粒になって
光と軽さをきそっていたのだ
そしておんなの脱ぎすてた
寝巻の波もまた

冷たい受話器に手をもたれ
砂が光りはじめるのを
見つめていたのだ

鷗(かもめ)も溶けるしずかな
潮(しお)の重いあけがた

ひと晩じゅう
眠らなかった者たちに
昨日と今日の境目が
あっただろうか

ふたりは天を容(い)れるほらあなだった
そこに充ちるマンダラの地図だった

それでもおんなは
なぜか
香ばしい森だったのだ
あかつきの奥へ走る
あかつきの光だったのだ

たからかな蒼空の瀧音に
恍惚（こうこつ）となったいちまいの
葉っぱを見たのだ
葉っぱはなぜか
野のへりを
ゆっくりと旅していたのだ

なぜか
そのいちまいの葉っぱは
ぼくの言葉で
ひっきりなしに
しゃべっていたのだ

（おおおか・まこと　一九三一～二〇一七。初収：「地名論」──『大岡信詩集』思潮社

一九六八年／「あかつき葉っぱが生きている」——『透視図法—夏のための』書肆山田 一九七二年）

岩田宏

吾子(あこ)に免許皆伝

あこよ　あこよ
大きな声じゃ言えないが
としよりにだけは気を許すな
としよりと風呂に入るな　あこ
アコーデオンを弾くな　敵は音痴だ
恩知らずといくら罵られようとも
としよりとは口きくな　言い負かされると
あいつら必ず暴力だ　そのむこうは
あやめも咲かぬ真の闇で　そこが世界の
どまんなかだ　あこよ。

（いわた・ひろし　一九三二～二〇一四。初収：「吾子に免許皆伝」――『岩田宏詩集』思潮社　一九六八年）

辻征夫

婚約

鼻と鼻が
こんなに近くにあって
（こうなるともう
しあわせなんてものじゃないんだなあ）
きみの吐く息をわたしが吸い
わたしの吐く息をきみが
吸っていたら
わたしたち
とおからず
死んでしまうのじゃないだろうか
さわやかな五月の

窓辺で
酸素欠乏症で

桃の節句に次女に訓示

なくときは
くちあいて
はんかちもって
なきなさい
こどもながらによういがいいと
ほめるおじさん
いるかもしれない
ぼくはべつだん
ほめないけどね

ねむるときは
めをとじて
ちゃんといきして
ねむりなさい
こどもながらによくねていると
ほめるおじさん
いるわけないけど
とにかくよるは
ねむりなさい

（つじ・ゆきお　一九三九〜二〇〇〇。初収：「婚約」──『隅田川まで』思潮社　一九七七年／「桃の節句に次女に訓示」──『かぜのひきかた』書肆山田　一九八七年）

池澤夏樹

午後の歌　――娘に

生れて間もないおまえはまだおぼえている、
ついこのあいだまでいた世界の匂いとざわめきを。
子供たちはいつも澄んだ声で地理学を歌った。
カモメは天の一番青いところへ昇って
水圏全体に正午を告げた。
その時おまえは小さな魚の形、
仲間といっしょに雲の洪水を泳ぎわたって
大地などには目もくれなかった。

記憶の鳥が視野をななめに横切るから
時々おまえはうれしそうににっと笑う。

（波のすぐ上を飛ぶのはカモメじゃない）
生れてきたのをもちろん喜んでいるのに
（カランザの首都はンクランザです）
誕生する前に戻りたくなることもあって
（本当は宇宙は大きな犬、走ってる）
おまえの機嫌がふと悪くなるのを
（ほら、聞いて…………）
ぼくたちはどうすることもできない。

（いけざわ・なつき　一九四五〜。初収：「午後の歌」―『最も長い河に関する省察』書肆山田　一九八二年）

荒川洋治

杉津

二十数年前の旧北陸線が現われた
杉の木立、逼迫の家を
おもむろに海水はあらう
すいづ。
静脈をためこみ
私をかつての思いに就かせ
箱ははしる

その（重い）荷もつ、
あみだなへ
あげてみる、のはどうですか

いいえ。このままで。

前の席の見知らぬ
少女の帯をといて
後発の
煤（すす）のなか、このまま
総力の液さし入れることもできたが
ああ
世界は
私の手足を鉄路の上にくくりあげ
活劇となって
時を握る、
男のもとへと
はしっている

空

若いときに
空を見ておけばよかった
もっと
つかまえておけば
よかったな

足もと見ながら
空を見るということは
そのあいだに
追いかけるものが
浮いているわけで

それは　もう
とんぼとり

とんぼを追いかけると
耳が遠くなり
気はしっかり。見ていた友だちは
あわててしまう

とんぼとりをして
そのまま　その日は返らず
辻政信(つじまさのぶ)がラオスにこつぜんと消えたのも
とんぼとりだ
みなで呼びかけると
振りむくが
ぼくらの顔はおぼえているが
それきりだ二十五年
詩に書いても　出てこない
大声を出すと　振りむくが

気分をかえて
また
とんぼとりだ

（あらかわ・ようじ　一九四九〜。初収：「杉津」──『針原（はりばら）』思潮社　一九八二年／「空」──『ヒロイン』花神社　一九八六年）

谷川俊太郎

タラマイカ偽書残闕

『〈〝これから私の語る言葉が、正確にどこから来たものか私は知らない〟と、その老船員は言った。〝もう半世紀も昔のことになるが、たまたま乗り合わせたナポリからボンベイに向うおんぼろ貨物船の、予備のティーポットを包んだ故紙に、これらの言葉はスウェーデン語で記されていた。北部ギジン、タラマイカ族より採集という、短い註がつけられていただけで、何の説明もなかったその叙事詩とも箴言ともつかぬものを、私がいつの間にかそらで覚えてしまったのは、久しぶりに出会った母国語がなつかしかったからだろう。航海が終ってボンベイに着いた時には、その数枚の紙片を私は紛失してしまっていたが、私の記憶に刻みこまれた言葉だけは、五十年後の今日も、こうして生きていて、私はそれをまるで私自身の発した言葉であるかのように親しみ深く感じる〟そうして老船員は、以下に記すさして長くはない一連の言葉を、しわがれた声で呟くように誦したのだった〉というような意味の前書きを付した、タラマイカなる少数民族の創世記とも言うべき口承文学の断片を初めて目にしたのは、私が亡父の残した夥しい古手紙を裏庭で火中に投じていた時のことである。その黄ばんだ古封筒は、宛名も差出人の名もなかったことで、かえって私の注意をひいたらしい。ノートからひきちぎったとおぼしい数枚の紙に、几帳面な書体で書かれたその記録を私は好奇心に駆られ、またもしかするとこれは貴重な学術資料として、いつかはいい値段で売れることもあるかもしれぬという欲得ずくから、長い間保存していたが、本日ここに」とそこのところで、その後書きのようなものは中断していたのさ』と、彼は言った。『じゃあ本文は?』と、私が訊ねると彼は『部分と思われるものが残っていて、それを僕は自己流に並べかえ、英語に翻訳してみた』と答えた。以下に記すのは、タラマイカ族の用いていた言語から、スウェーデン語に訳され、そこからウルドゥ語に重訳されたと称するものの英訳を、彼がいささか誇張された抑揚と身ぶりで暗誦したものをもとに、私がつたない日本訳を試みたものであるから、タラマイカ語(?)の原テキストからは、おそらく相当にへだたったものであろうし、彼が語ったこの一連の元は韻文とおぼしい言い伝えが今日まで伝えられたいきさつすら、私には多分に信憑性のうすいものと思われてならないのである。北部ギジンという地名も、タラマイカ族という民族も、私の調べた限りでは存在の痕跡がない。彼の言うところを信ずれば、タラマイカ語による原テキスト（但、口承による）から、スウェーデン語の第二のテキストがつくられ、さらにウルドゥ語の第三テキスト、英語の第四テキスト、そしてこの日本語による第五テキストにつづくのであるが、筆記や口承によるる伝達の間に、さらに他の言語が介在していないという保証はないばかりか、これがスウェーデン語、もしくはウルドゥ語、ないしは英語による完全な創作である可能性も等しく存在している。私が彼と呼ぶその男は、ふとしたきっかけで知りあった米国籍の男で、何をしている人間なのか全く見当がつかない。彼の言によれば、ウルドゥ語で記されたその巻紙状の断片を、米国西海岸の或る中都市の工事現場で拾ったということだ。新しい都市計画に従って取り壊し中の図書館の現場の、ブルドーザーのキャタピラの下にあったと彼は称しているが、その現物はと問うと、ヒッチハイク中に他の荷物と共に盗まれたと言うばかりで要領を得ない。だがいずれにせよ、これらの言葉は、その発生の時も所も人もつまびらかにせぬまま、とにかく人間の魂から発したものであることに違いはない。学界からの万一の誤解を未然に避けるべく、ひとまず偽書としたが、それがこれらの言葉を否定するものではないのは、言うまでもなかろう。

Ⅰ（そことここ）

わたしの
眼が
遠くへ
行った。
わたしの
口は
ここに
開く。
わたしの
耳が
遠くへ

わたし　この一人称は、単なる一個人としての〈わたし〉ではない。この語りもの＝書きものに参加した複数の人間、即ちタラマイカ族のいわば語部たち、スウェーデン語への採録翻訳者、仲介者としての老船員、ウルドゥ語による記録者、英訳者、そしてこの私自身等等の、集合的一人称と考えてよいだろう。これはホモジニアスな〈われわれ〉とも異る、微妙な量を伴った〈わたし〉の重層体である。なお、〈原わたし〉とも呼ぶべきタラマイカ族の発話者は、ここでいわば恍惚状態の意識化を行っている。その意識化もまた恍惚状

行った。
わたしの
口は
ここで
語る。
わたしの
鼻が
遠くへ
行った。
わたしの
口は
ここに
黙す。

態で起ったのかどうか。それを決定する資料はないが、語り手の自己確認からこの伝承が始まるのは興味深い。

〈わたし〉の重層体　「〈わたし〉の重層体」という観念を英訳者に説明したところ、彼はそのような観念は虚妄だと言った。言語そのものが本来、一個の〈わたし〉を正確に規定できぬ以上、あらゆる言語は人格的なものから、無人格的なものへの通路に過ぎぬが、同時に言語なるものは完全に無人格的なものの実現を阻むはたらきをもつ、というのが彼の意見の要旨である。）

わたしの心はゆきつもどりつ
わたしの心はゆきつもどりつ

Ⅱ（さかいめ）

おお
おお
太陽の太陽よりも
まぶしい
光。

そのとき
どこにも
眼はなかったのを
わたしはいなかったのを

わたしは
見る。

おお
おお
雷の雷よりも
とどろく
音。

そのとき
どこにも
耳はなかったのを
わたしはいなかったのを
わたしは
聞く。

おお
硫黄の硫黄よりも
するどい
匂い。

そのとき
どこにも
鼻はなかったのを
わたしはいなかったのを
わたしは
嗅ぐ。

おお
おお
おのずから

おのずから
アギラハナミジャクラムンジは
なった。
だれの
意志でもなく。
上をあおいでも
上は
ない。
下をのぞいても
下は
ない。
けれど

アギラハナミジャクラムンジ　英訳者による註。このタラマイカ語は他の如何なる言語にも翻訳不能であるが故に、その発音のままに表記されつづけてきたのだろう。前後の文脈から、この語は〈命名し得ず、対象化できぬ一なる全体〉の意であると推測できる。

そこに。

Ⅲ（めざめるための穴が通じる）

光の
刃が
切りつけた。
眼は切り傷。
音の
錐（きり）が
もみこまれた。
耳は突き傷。

匂いの
焼串が
つらぬいた。
鼻は瘢痕。

心を
めざめさせるのは
痛み。
そうして
口は
内側から
ひびわれた
ざくろ。

鼻は瘢痕　タラマイカ語では、眼、耳、鼻、を表す語はみな〈傷跡〉、の含意を有しているという。その含意を伝えるべく〈鼻は瘢痕〉と訳したが、タラマイカ語では、この行はほとんど同義反復に近い。眼、耳についてもおなじ。

Ⅳ（叫びは音をたてることとは違う）

雨は
叫ばない
雨は
音をたてるだけ
石の上に。

ハピトゥム　テム　チャ。

虫は
叫ばない
虫は
肢(あし)をこするだけ
草の中で。

ミリル　ギジジ　クキュ　チ。

岩は
叫ばない
岩は
きしむだけ
岩の重みに。

オオマ　ノオオヤ　コオオオザガ。

木は
叫ばない
木は
さやぐだけ
風に。

ササザ　ザザジ　フィフィルゥ。

叫ぶのは
巣をつくるもの
卵を抱くもの
子に乳をあたえるもの。

うねり鯨は叫ぶ
水晶竜は叫ぶ
びっくり鹿は叫ぶ
雪鳩（ゆきばと）は叫ぶ
きのこ鼠（ねずみ）は叫ぶ
さかさ猿は叫ぶ
とんがり人は叫ぶ
くぼみ人も叫ぶ。

うねり鯨　ウルドゥ語による註。以下の生物の名が、現在我々に知られているもののどれと合致するかは不明。

とんがり人　〈とんがり人〉が男を指し、〈くぼみ人〉が女を指すこと

V（名）

記憶せよ
初めての名を
もたらしたものの名を。

その名は
キウンジ。

形なく
それはひそむ
太陽に
果実に
貝に
小石に

はほぼ確実と思われるので、以後便宜的に、男、女と訳す。

キウンジ　ウルドゥ語版の註に、〈或るものを他のものと区別する力〉を意味するとあったと英訳者は言うが、その根拠はあきらかでない。とりあえず彼の発言にもっとも近い音をあてて表記したが、キュンゼ（アクセント最後尾）とも聞きとれた。

あなたの頭に似て
丸く
終っているものの
中に。

問うことをやめよ
キウンジに
キウンジの名を
もたらしたものは何かと。

キウンジを
名づけたものもまた
キウンジの名で
呼ばれる。

キウンジの

外へ
歩み出た者は
指を
羊歯(しだ)と呼び
煙を
とかげと呼び
鷹(たか)の羽根を
リプサと呼び
水の中に
火を見るだろう。

（いないのにいる）彼は
その流し目で
もどかしさの中心を垣間見る(かいまみ)
そのすり足で
なだめることのできぬ円を描く

我々の言う精神病者を指すものと思われる。

リプサ　不明。

彼　〈キウンジの外へ歩み出た者〉を指す。タラマイカ語では性別のない特殊な三人称で、そこには病者と聖者のふたつの観念が含まれていると、スウェーデン人の老船員は説明したと伝えられる。

その裸のこぶしで
まやかしの我が身をさいなむ。

VI（手の指がかぞえるもの）

1がわかれて2になる
2がわかれて3になる
3がわかれて4になる
4がわかれて5になる
そのわけは中指にきけ。

5があつまって4になる
4があつまって3になる
3があつまって2になる
2があつまって1になる
そのわけはこぶしにきけ。

1　以下の数詞が現在我々の用いる数詞とは微妙にその内容を異にするものであることは、文脈からあきらかだろう。

雨　泉　露　池
あらゆるところで水はつながる
ゆえに水は1とかぞえよ。

魚は魚を産み
魚は魚の形を変えない
ゆえに魚は1とかぞえよ。

忘れるな
在る数は1のみ
2より多い数はすべて
幻。

Ⅶ（おおいなる暗い姿の出現）

ぐるぐるまわる　まわるる　まわわるる
渦巻きの芯には
何もない
ただ力だけ。

ぐるぐるまわる　まわるる　まわわるる
臍（へそ）から
撚（よ）り出（だ）される
黒い糸。

ぐるぐるまわる　まわるる　まわわるる
口から
捩（ねじ）り出（だ）される

おおいなる暗い姿の出現　なんらかの幻覚剤の摂取とともに、所作を伴って唱せられたものだろう。音韻的にも他の断片とは異った工夫があるようだ。〈おおいなる暗い姿〉とは何か。図像的なものであったとは思われない。私はたとえば〈エクトプラスム〉の如きものを想像する。

黒い息。
ぐるぐるまわる　まわるる　まわわるる
体が溶ける
草が溶ける
体と草がまざりあう。
ぐるぐるまわる　まわるる　まわわるる
穴があく
穴になる
穴のむこうのそれ。

Ⅷ（悼歌）

アーハ
菜っ葉と石刀

菜っ葉と石刀　死者の遺した品物を

アーハ
じゅず玉
アーハ
やつは出てった
やつの残したものを
とれ。

つめたくなるぞ
かたくなるぞ
眼玉に
赤い毛が生える
乳首に
緑の毛が生える
やつはもう
答えない
いまこそ舌で

即興的に詠みこんだと推定される。

やつ　性別を含まず、やや軽蔑的な三人称であるとの英訳者の口頭による説明があったので、この語をあてた。

赤い毛が生える　次の二行とともに、屍体(したい)に発生する黴(かび)を指すものか、それとも死者に対する儀礼的装飾を指すものか不明。

やつを刺せ。

ふくれてくるぞ
くさくなるぞ
歯は
小石にもどる
髪は
糸虫にもどる
やつはもう
打ち返さない
いまこそ枝で
やつを打て。

アーハ
弓とひも
アーハ

カリンギ
やつは出てった
やつの残したものを
とれ。

IX（去り得ぬ者の歌声）

わたしは来た
木の中に
木を夢見る者として
石を打て
石で打て
わたしはわたしの誕生を
さかのぼる。
わたしは来た

カリンギ 不明。死者の配偶者の身体の一部を指す言葉ではないかとも思われるが、これは直観による推定に過ぎない。

人の中に
人を夢見る者として
　骨をこすれ
　骨でこすれ
わたしはわたしの死を
追いこすだろう。

わたしは来た
このいれものの中に
このいれものを夢見る者として
　口を吹け
　口で吹け
わたしはわたしの歌を
つたえる。

すでに在るものは

このいれもの　タラマイカ語では、自身の肉体、女の子宮、宇宙は、おなじひとつの語によって示されるという。

口を吹け　第一節の〈石〉、第二節の〈骨〉は楽器として用いられたものと思われる。この〈口〉も、向い合ったふたりの人間が互いの口腔（こうこう）に息を吹きこんで響かせる行為と推定

無い
未だ無いものは
在る。

X（男と女についてのことわざ）

蛇の梁(はり)を
くぐり
百足(むかで)の柱を
まわり
蛭(ひる)の天井(てんじょう)の
もと
蛆(うじ)の床を
ふむ
どんなに美しい女も
一匹の

できるが、同時にそれは歌の口移しの伝承をも意味しているかもしれない。

男と女についてのことわざ　スウェーデン船員の説によれば、この部分のみは後補である可能性が強いということだが、成立年代を推測する根拠は薄い。

蜘蛛（くも）をもつ。

茨の手を
にぎり
茸（きのこ）の耳に
ささやき
蔦（つた）の足を
からめ
苔（こけ）の口を
すう
どんなに賢い男も
腐った
根をもつ。

Ⅺ（何もないところから湧く知恵）

友だちに
呼ばれたのでもないのに
木々の間でふりむく時
あなたは
見る
もてあそばれもせず
あなたが
そこにいるのを。

あなたは
草の上にはらばいになって
羊歯の葉先に触れ
言葉によらず

そのざらざらをむさぼってよい。
あなたは
水の中の石にすわり
魚たちとともに
言葉によらず
そのつるつるをむさぼってよい。

人と人との間では
すべてに形あれ
すべてにつぐないあれ
けれど
人と空の間にはただ

人と空の間にはただ　この突然の中断は、言うまでもなく故意になされたものではない。

（たにかわ・しゅんたろう　一九三一〜二〇二四。
初収：『タラマイカ偽書残闕』書肆山田　一九七八年）

高橋睦郎

姉の島

宗像(むなかた)神話による家族史の試み

INSULA SORORIS

1

パラソルの舟

パラソル　太陽（＝sol）から皮膚を守る（＝para）用具。多くの場合、華やかな模様を持つ布日傘。筆者に

はじめにねえさん　あなたがいた
開ききった　大きな花のような
後ろ向きのパラソルが　あなたの顔
いや　本当の顔は　胸も　肩も
パラソルの向こうがわにあって

ぼくからは見えない
見えるものは銘仙の着物の裾と
黒塗の下駄を穿(は)いた　細い脚の踵(かかと)だけ
ぼくから見えないあなたの顔は
遠い　眠たい水平線
空と海とが奪いあう　滲(にじ)む光の一線に
何を見ているのか　いないのか
その放心は突然　取り落とす
それまで仮の顔だったパラソルを
それは　本当の顔を窃(ぬす)み視(み)る好機だが
ぼくは　のがしてしまう
砂の上に落ちたパラソルに驚き
気を取られてしまうので
落ちて　上向きに返って
パラソルは　舟になる
あらゆる方角に舳(へ)と艫(とも)とがあり

は幼年期の記憶の中の婦人なるものの像と分かちがたい固定観念があり、旧作「死海」「睡蓮」にも登場。なお、宗像には胸形の表記も。ならば胸肩もありえよう。

中点に帆のない檣(ほばしら)が立つ
円形の　奇妙な舟

*

だが　パラソルの舟は舟出しない
同じ時にすべての舳が　すべての艫が
すべての方角に走ることはできないから
帆のない檣が　檣の無の帆が
どんな風を孕(はら)むこともできないから
砂の上に坐礁(ざしょう)して　風化して
そのまま　神話の海岸線に
切れ込みの深いパラソルの縁(ふち)そのまま
襞(ひだ)の多い　入江に富む　眩(まぶ)しい海岸線
なかんずく七つの襞　七つの入江
名付け伝え　呼び慣らわして　宗像七浦(むなかたななうら)

パラソルの縁　福岡市海ノ中道から、宗像郡神湊(こうのみなと)を含む旧宗像神郡領(しんぐんりょう)、宗像七浦を経て、北九州市若松区岩屋ノ鼻に至る海岸線を「パラソルの縁」に喩える発想は、当海岸線宗像

七つの浦のその一つ　神の湊
そのけぶる沖には　三つの島影
三つの島影は三人の姉たち
砂の上の一人の姉はいつか消え
三人の見えない姉たち　その影に
第一の姉は目路のはるかにそそり立つ島
そこは　すべての波が競い向かう海の坂
急ぐ波たちが競いあって　匿すので
そのうねり　高まりの彼方にも　見えない
第二の姉は横広く平らな島
揺れる波の　波間に近く浮かぶが
揺れきしむ定期船で渡ることも
家並の迷路　畑の迷路を抜けて
切崖から　第一の姉を望むこともできるが
きびすを返せば　たちまち
第一の姉も　第二の姉も　いない

郡福間町、現福津市花見が浜在住の『漂流物の博物誌』の著者、石井忠氏の教示に負うている。

三人の姉たち　田心姫神、湍津姫神、市杵島姫神。なお三女神と宗像三宮の対応関係は歴史的に一定していない。

そそり立つ島　沖ノ島。宗像神社沖津宮が鎮座。神湊から直線距離五七キロ。玄海灘直中の周囲四キロの島。沖ノ島祭祀遺跡で知られる。

横広く平らな島　大島。宗像神社中津宮が鎮座。神湊の西北約一二キロ、周囲約一五キロ。本村、宮崎、岩瀬、津和瀬の四区に分かたれ、岩瀬浜近く沖津宮遥拝所がある。

そして　第三の姉はどんな島？
その島はこちら岸の陸(おか)の中にあって
――こちら岸は　虚(むな)しい潟(かた)――
あらかじめ到れない島
三人の姉たちは見えない
見えないけれども　在る
姉は弟の姉――姉がいなければ
姉の弟はいることができないから

＊

ぼくは舟出する
パラソルの舟が舟出しないので
ぼくじしん　舟になって
だが　パラソル　ではなく
大きすぎる蝙蝠傘(こうもりがさ)を

どんな島？　田島は名こそ島だが、じつは神湊より内側、内陸にある。宗像神社辺津宮(へつぐう)が鎮座。なお、宗像の語源説の一つに虚潟(むなかた)説があり、古代の田島一帯は潟(ラグーン)をなして農作に不適だった、という。

弟の姉　「あね」は古くは「おとうと」と、のちには「いもうと」と対称する。（中略）〔説文〕に「女兄なり」とあり、もと尊称として用いた。（中略）古く斉に長女を巫女とする俗があった。――白川静(しらかわしずか)『字訓』。
汝三(いましみはしら)の神(かみ)、道の中に降(くだ)り居(ま)して、天孫(あめみま)を助け奉りて、天孫の為に祭られよ。――『日本書紀』巻第一神代(じんだい)上第六段一書。いわゆる天孫降臨に際して天照大神(あまてらすおおみかみ)から宗像三神になされた命令、または依頼。「天孫の為

たたんで　携えて
ぼくは胞衣の繭を出たばかりの
首の骨の定まらない弟だから
たたんだ蝙蝠傘を杖に　櫂にして
一寸法師の御器の舟さながら
だが　目指すのは都でも
宰相の姫ぎみでもなく
姉たちを　姉たちの島を捜して
潮渦巻く　道のない海の最中へ
ぼくは　舟出の　臍帯の纜を切る
ぼくの存在の根拠　姉に
姉たちに向かって
はじめに　姉があった

に祭られよ」の表現に注意。この場合、天孫を弟的、宗像三神を姉的存在と捉えることもできる。

胞衣の繭　真床追衾を以て、皇孫天津彦彦火瓊瓊杵尊に覆ひて、降りまさしむ。――『日本書紀』巻第二神代下第九段。

御器の舟　住吉の浦より御器を舟としてうち乗りて、都へぞ上りける。――御伽草子『一寸法師』。

臍帯の纜　へその緒は人の運命を支配するので、大切に保存しなければならない。――『イメージ・シンボル事典』navel へそ、ほぞ。

2　井戸のほとりで

ぼくは誰だったのか
奔騰ち　雲霧る　繁吹の薄紙に
いくまいも　いくまいも　くるまれ
閉ざされた　水の球体の中で
球体には　きまった大きさがなかった
宇宙ほど大きくもあれば
分子ほども小さい　その中心で
ぼくは一人ではなかった　だが
まわりに犇いていたのは　かれらではなく
たくさんの　数えきれないぼく
いや　ぼくとかれとの区別もない
誰でもない者……者たち
春寒い　色のない水のおもての

奔騰ち　雲霧る　渡中の神である沖ノ島は、崇高な厳島（市寸島比売・市杵島姫）とそれを取り巻く激浪の奔騰（多岐都比売・湍津姫）、それをさらに包み込んでいる雲霧（多紀理毘売・田心姫）、という遠望のイメージ全体が神格化されていた。
――益田勝実『秘儀の島』。

蛙（かえる）の卵のように　一（ひと）つづきで
自他の区分もなく　ただようもの
そこには　過去も　未来もなく
ゆらゆら揺れる現在だけがあって
現在は揺れながら　無色から
うすももに　みずいろに　くろに
染まり　いつかまた　無色に戻って
溶けあい　離れ　また寄りあっては
かたちを　大きさを　たえず変えながら
誰でもない者の夢を見ていた
定形のない夢……夢ですら
なかった　かもしれない

＊

そこに　いきなり手が来た

何処から?
外から　夢の球体の外側から
突然で　理不尽で　否応のない闖入者
手は　誰でもない者……者たちの最中に
押し入り　誰でもない者たちから
むりやり　誰かを引きちぎった
驚きに声も出ない　血まみれのそれを
摑んで　たちまち拉し去った
連れ去られ　抛り出されたところは
しきりに涼しい水音のするあたり
抛り出された誰かは　見えない目
あらゆる方角に閉ざされた目で
むしろ皮膚ぜんたいで　感じていた
自分を中に　立つ二人
一人は女で　一人は男
女と男は　生まれたままの赤裸で

という暗い悦びにおいて、まったく無関係の魂を攫って来ることに、生殖の原罪がある……とは、筆者の畏友故鷲巣繁男のきわめて刺戟的な生殖観。

水音のするあたり　爾に天照大御神詔りたまひしく、「然らば汝の心の清く明きは何して知らむ。」とのりたまひき。是に速須佐之男命答へ白ししく、「各　宇気比て子生まむ。」とまをしき。故爾に各天安河を中に置きて宇気布時に――『古事記』上巻天安河宇気比の段。

女は　髪にも　両の手首にも
珠を通した紐を巻きつけ
矢を負い　弓を執り持ち
男は　腰に剣を帯び
馬の手綱を引き携え
激しく息をしながら　向かい立つ
二人は　交互に相手の手ぐさを
奪い取り　嚙みくだいては
含んだ水といっしょに吐き出し
中空に　虹をつくる
二つの怒りの虹を交差させている
この思いきり真剣で　思いきり滑稽な
二人は　誰なのか
そこは　何処なのか

馬の手綱　『古事記』では、スサノオが高天が原へ馬で馳け上ったとは書いてないが、遥かな距離をテクテク来ました、というわけではもとよりなかろう。――『秘儀の島』。

*

その　天と地とを突き抜けた二人
巨大な原初の女と男とを
母とその敵将（あいかた）と認識するためには
曖昧な誰かが　確かなぼくに
変わらなければならないだろう
誰かは変わりたくない
変わることは痛い
でも　引きちぎられた以上
連れて来られ　抛り出された以上
たといみずから望まなくとも
誰かは変わる　変わってぼくになる
むりやり　ならせられる
ぼくにならせられた誰かは

母とその敵将　ほんらい大和勢力に敵対する出雲（いずも）勢力を取り込むために創作されたのが、アマテラスとスサノオの姉弟関係神話だろうが、その下に二神の男女関係も仄見（ほのみ）える。

閉ざされた皮膚のおもてに
二つの裂け目　みずみずと濡(ぬ)れた
二つの目を刳(ひら)いて　あたりを見る
いままでそこにあったはずの
水音涼しい井戸ばたはたちまち消え
乾いた岩　乾いた土　その上の
乾いたタブの葉むらと空
突然　オオミズナギドリが
乾いた笑いで静けさを引き裂いて
ぼくは痛みではげしく泣き出す
だが　ぼくより前に　ぼくよりはげしく
痛んだ者……者たちがあるはず
自分より　まず　その者たちのために
ぼくは泣かなければ

二つの裂け目　つややかな表面のなかに開いたつややかな裂け目である。——ロラン・バルト『表徴の帝国』「瞼(まぶた)」宗左近(そうさこん)訳。バルトは日本人の目の特徴を「裂け目」と捉え、「裂け目の中で自由である」と述べる。

乾いた岩　乾いた土　海の正倉院といわれる沖ノ島祭祀遺跡の中心を、アマテラスとスサノオのウケヒを演ずる秘儀の場と考えるのが益田勝実『秘儀の島』の骨子である。なお、タブおよびオオミズナギドリは沖ノ島の代表的な植物および鳥。

水と火と

3

水音はいちにち　絶え間がなかった
灼(や)けて　陽炎(かげろう)の立つ何本ものレールと
そそり立つ何本もの大煙突を　遠景に
低い軒に囲まれた　女たちの水汲(みずく)み場(ば)
いつも女が立って　ポンプを突き
いつも女がしゃがんで　ものを洗う
女たちは　いつもいつも水と親しい
水を呼び出し　水に笑みかけ
水に触れたと思うと　指先から水に入り
水をかいくぐっては　水を献(ささ)げ立(た)つ
みぬま　みつま　みつは……水の女
金盥(かなだらい)を持つぼくの若い母も　そのひとり
軒の闇から出て　光の中の女たちに混り

そそり立つ何本もの大煙突　官営製鉄所のちの八幡(やはた)製鉄所の創業は一九〇一年。筆者の父高橋四郎は三八年三月の死の直前まで同所の工員として働き、妻子とともに同所を見下ろす高台の八幡市西前田、現北九州市八幡東区の棟割長屋に住んだ。

水の女　「出雲国造神賀詞(いづものくにのみやつこかむよごと)」に出る難解語彙「若水沼間(わかみぬま)」から説き起こし、筑後三瀦(みつま)を本拠とする水沼(みぬま)氏

ポンプを突いて水を出し　水を張り
両手を浸して　くりかえし洗う
洗いながら　指先から水をくぐり
合わせた掌(てのひら)の窪(くぼ)で　水を献げる
指のひまから洩(も)れこぼれる　きらきら
かかやく雫(しずく)も水の女の　水の献げもの

＊

水の女の　水を献げる相手は
火の男　火と親しいぼくの若い父
火の男はその名のとおり　火に赴く
朝ごと　まだ薄暗い坂をまっすぐ
レールの川を渡って　大煙突の下へ
燃えたぎる鉄の火へ　マグマの火竈(ひがま)へ
だが　本当の火は彼の若い妻

と宗像三女神の関係に結び、みぬま、みつまが水の女神、みつはのめに繋(つな)がることに説き及び、その本体を禊(みそ)ぎを助ける神女とした折口信夫(おりくちしのぶ)の論考「水の女」は『古代研究』民俗学篇1に所収。

薄暗い坂を　すべての坂は黄泉比良坂(よもつひらさか)のヴァリエーションとしてある。その下にはもちろん黄泉国(よみのくに)がある。

本当の火は彼の若い妻　一(ひと)つ火(び)燭(とも)し

水の女の中にあった　のかもしれない
大煙突の下　たぎる火から
レールを渡り帰って来た父は　まっすぐ
母の奥なる燃えたぎる火へと　下って行く
あきずマグマの火竈をくぐっては
死者のように青ざめて　眠りに落ちる
ある日　死者のようにはようにでなく
父は　火のような熱に捉えられ
灼かれたあげく　まさしく死者に
それは聳える大煙突のむこう
岫の海を漕ぎ出した大海原の
奔騰ち　雲霧る　波の繁吹のあなた
大きな火の手が揚がって　天を焼き
群集が逃げまどった　大いなる災いの年
死者に変身した父は　運ばれて
火に投ぜられ　火と一体になる

て入り見たまひし時、宇士多加礼許呂呂岐弖、頭には大雷居り、胸には火雷居り、腹には黒雷居り、陰には折雷居り、左の手には若雷居り、右の手には土雷居り、左の足には鳴雷居り、右の足には伏雷居り、并せて八はしらの雷神成り居りき。——『古事記』上巻黄泉国の段。

まさしく死者に　筆者の父四郎は日中事変翌年の労働体制強化中、過労から急性肺炎を引き起こし、一九三八年三月二十九日、享年二十九で死去。

岫の海　八幡、戸畑、若松の間にある入海＝洞海湾。湾外は響灘を含む日本海で、宗像郡沖ノ島を経て大陸に到る。

火になってしまった夫の前で
涙さえ出ない母は　みぬま　みつま
みつは……水の女　ではなく
ひぬま　ひつま　ひつめ……火の女
合わせた掌に湛(たた)えて　献げていたのは
指のひまから洩れこぼれていたのは
水ではなく　水のようにかかやく火の雫
だったのかもしれない

*

父の死んだ家
北向きの低い軒　立て付けの悪い戸
戸口の大きさに切り取られた
空いっぱいの大煙突群から
吐き出される煙で　いつも重い天

ひぬま　ひつま　ひつめ　ひつめのつを同義のるに置き換えると、天照大神の古名＝ひるめ、つまり太陽神の妻なる大巫女となる。

父の死んだ家　筆者はごく幼い頃、母に連れられて一度だけ、その暗い界隈(かいわい)を歩いたことがある。その後、一九四五年の大空襲によって、父の死んだ家を含む界隈は跡形もなくなっている。

縁側の空を埋めた洗濯ものは
降る煤煙（ばいえん）で　いつも薄汚れて
拭いても拭いても　薄汚れた畳
汚れた空気を　吸えるだけ吸って
湿っぽく重たい蒲団（ふとん）
その上で父が死んでいる
いや　父がいなくなって
見知らぬ死者がいる
そばに　母がいる
祖父がいる　祖母がいる
叔母が　まだ少年の叔父がいる
四歳の　二歳の　そして
マイナス五歳の　姉たちがいる
姉たちの弟　ぼくはいない
褪（あ）せて茶けた古写真のような
この光景の外側に　ぼくは抜け出して

そばに　母がいる　母＝久子　祖父＝浅吉　祖母＝ツイ　叔母＝ツヤノ　叔父＝健市　姉たち＝汎美（ひろみ）・美由紀・？

そ知らぬ顔で　覗きこんでいる
やがて　大煙突群の空の一方から
登場した鋼鉄の巨鳥たちの力を借りて
光景の全体を　惜しみなく焼くだろう
焼け尽くして　見通しのよくなった空に
美しい山のかたちを置くだろう
六ケ岳　その名のとおりに
六つの峰を持つ　一つの山
四歳　二歳　マイナス五歳
ぼくの三人の姉たちと
その三つの影たちの象りの山
風わたる青田の波に浮かんだ
もうひとつの　姉たちの島！

4
常世へ　常夜へ

鋼鉄の巨鳥たち　戦争末期米軍の日本本土空襲の主力はBoeing B-29 Superfortress機。広島、長崎の原爆投下に当たったのもB-29だった。なお『古事記』上巻葦原中国平定の段に「爾に天鳥船神を建御雷神に副へて遣はしたまひき。」と。

六ケ岳　福岡県直方市および鞍手郡に跨る標高三三九メートルの山。直方も市制以前は鞍手郡に属したことから鞍手富士とも。朝日、高巣、羽衣、天冠、出穂、崎戸の六峰から成る。宗像三女神降臨の地に擬せられる。

顔を亜麻布で覆われていたのが
燃えさかる火竈(ひがま)に投ぜられたのが
じつは父ではなかったとしたら
煤(すす)けた裸電球の下　死者を囲んで
悲しむ家族たちを欺いて
父は何処へ行ったのか
硬直した両手を胸に組まされた
にせの自分の　形骸だけを残して
足もとから　まっすぐ立ち上がり
いつもの朝と変わりなく　家を出て
薄暗い坂を　前屈(まえかが)みに　とつとつと
だが　行く先は　レールの川を渡り
並び立つ大煙突の下へ　ではなく
すり抜けて　岫(くき)の海の岫戸(くけと)を潜り
ははそはの妣(はは)の国へ　常世(とこよ)へ
母なる　常夜(とこよ)の　胎内へ

悲しむ家族たち　是(ここ)に天在(あめな)る天若日子(あめのわかひこ)の父、天津国玉神(あまつくにたまのかみ)及其(また)の妻子(めこ)聞きて、降(くだ)り来て哭(な)き悲しみて、乃(すなは)ち其処(そこ)に喪屋(もや)を作りて、河雁(かはがり)を岐佐理持(きさりもち)と為(し)、鷺(さぎ)を掃持(ははきもち)と為、翠鳥(そにどり)を御食人(みけびと)と為、雀(すずめ)を碓女(うすめ)と為、雉(きぎし)を哭女(なきめ)と為、如此(かく)行ひ定めて、日八(や)日(か)夜八(や)夜(よ)を遊びき。――『古事記』上巻天若日子の段。

妣の国へ　常世へ　折口信夫『古代研究』民俗学篇1は「妣が国へ・常

陰画に反転された　記憶の
こもりくの　闇の
八女へ

＊

八女は三つ編み髪の八人の処女か
胸豊かな八柱の女神　あるいは
八つの目を持つ一柱　八目津媛
たたなづく青垣　山ごもれる隠国の
陰より流れ出る川の　川ほとりから
嫁入り道具の柳行李を　背に
ただ一人　発って行った花嫁
文金高島田に　手甲　脚絆
裾からげした太脛の　草鞋穿き
朝の　容赦ない太陽に向けて

世へ」から始まる。そこで折口は「妣が国」「常世」という概念が民俗史の中で何段階もの変化を経ていることをいい、「常世」がほんらい「常夜経く国、闇かき昏す恐しい神の国」と考えられていたらしいことを説く。

八女　詔して曰はく、「其の山の峯岫重畳りて、且美麗しきこと甚なり。若し神其の山に有しますか」とのたまふ。時に水沼県主猿大海、奏して言さく、「女神有します。名を八女津媛と曰す。常に山の中に居します」とまうす。――『日本書紀』巻第七景行天皇十八年。八少女は　我が八少女ぞ　立つや八少女　立つや八少女。――『風俗歌』八少女。倭は　国のまほろば　たたなづく　青垣　山隠れる　倭しうるはし――

高だかと翳しあげた　紙の絵日傘
目指す嫁入り先の　閾を跨いだのは
傾く山田に日のかげる　夕暮れ刻
裸足の大家族の　目　目　目の中
迎える紋付羽織の花婿は目一つ
死んで日のない美しかった妻と
初対面の醜い嫁とを　測り較べる
だが　醜女の嫁は帰されることなく
田の畦に　黒い男の子を産み落とす
その年は　七月に霜の降る冷たい夏
乏しい山田に　実の入らぬまま
稲幹の立ち枯れる　飢饉の年
目一つの夫に　醜女の妻
涸びた男の子の　小さな家族は
夜陰にまぎれて　家を捨て
幾日がかりの　十幾つの山越え

『古事記』中巻倭建命の薨去の段。
陰より流れ出る川　八女第一の川、矢部川。川の名の矢部と郡の名、そして地主神の名の八女とは、もと同根と見るべきだろう。なお、八女はいわゆる邪馬台国候補の一。
ただ一人　発って行った花嫁　筆者の父方の祖母、旧姓平島ツイ（＝一八八〇年生）は旧八女郡北田形から下辺春の高橋浅吉（＝一八七四年生）に嫁ぐに当たって、一人で一日がかりで山越えして嫁いだ、という。
花婿は目一つ　岩波日本古典文学大系『風土記』出雲国風土記大原郡の「目一つの鬼」の頭註に「鍛工者が祖神を天目一命とするのと関係あるか」と。浅吉は幼時からの隻眼。花嫁への第一声は「先ン嫁は美人じゃったが、此ン嫁は不美人ばい」だ

着いたのは　見はるかす地の限り
聳え立つ　幾つもの黒いピラミッド
地下には　蟻穴めく迷路が走り
燃える石を掘り出す　採鉱の町
夫婦は　しかし　地下には下らず
地上にへばり着くその日暮らし
男の子は妹と弟の兄となり　人と成り
鳥打帽を被って　仲間とうろつき
見知らぬ孤のそばかす少女を娶る
それがぼくの父　ぼくの姉たちの父
その一部始終を見ていたのが
八つならぬ　六つの峰を持つ山
黒いどのピラミッドより高い緑の岳
凪わたる青田の　黄金の稲田の
波に浮かんだ姉たちの島

ったと。故爾に其の姉は甚凶醜きに因りて、見畏みて返し送りて――『古事記』上巻木花之佐久夜毘売の段。

夜陰にまぎれて　家を捨て　ヨセフ起きて、夜の間に幼児とその母とを携へて、エジプトに去りゆき、ヘロデの死ぬるまで彼処に留りぬ。――新約聖書『マタイ伝』聖書連盟訳・第二章。

地下には下らず　天目一命は採鉱の神でもあろう。浅吉とツイは三菱鉱業所営繕課の日雇労務者として働いた。

妹と弟の兄となり　高橋四郎＝一九〇八年生、ツヤノ＝一九一二年生、健市＝一九二三年生。四郎の妻、すなわち筆者の母久子＝一九一三年生は、戸籍上は向野シカノの私生児。

＊

妣の国へ　常世へ
常夜なる根の国　底の国へ下って
闇の奥に　父は何を見たか
蛆たかり　腐りころろく母親か　妻の姿か
しかし　母親も　妻もまだ地上にいて
彼の死を悲しんでいる
では　彼じしんの腐敗か
だが　はたして男という性は
女という性のように　やすらかに
解体して　大地に還ることができるか
闇へ下った父は　母親や妻の腐敗を
見ることもなく　したがって
ふたたび坂を上って　光の地上で

しかも結婚当時はシカノを喪い、シカノの妹、中原トモ夫妻に養われていた。

根の国　底の国へ　かく気吹き放ちては、根の国・底の国に坐す速さすらひめといふ神、持ちさすらひ失ひてむ。――『延喜式』祝詞部・六月晦大祓。

男という性は　『古事記』に女神、伊邪那美神の死の神話はあるが、男神、伊邪那岐神の死の神話はない。

身の瀆れを洗い落としもならず
とまどって　さすらって
しだいに薄れ　消えてしまった
のではないか　ならば　彼の息子
ぼくもまた　彼の生につづき
死を嗣いで常夜の闇に下り
とまどって　さすらって
薄れ　消えてしまわねばならぬ
のではないか　ならば　六ケ岳
六つの峰もつ山の　六つの頂から
ぼくを見守ってくれねばならぬ
三人の姉たちと三つの影

5　母と娘

花嫁なら　もうひとりいる

身の瀆れを洗い　是を以ちて伊邪那岐大神詔りたまひしく、「吾は伊那志許米志許米岐穢き国に到りて在り祁理。故、吾は御身の禊為む。」とのりたまひて、竺紫の日向の橘の小門の阿波岐原に到り坐して、禊ぎ祓ひたまひき。――『古事記』上巻禊祓の段。なお、ギリシア神話の伊邪那岐ともいうべきオルペウスは、冥界から妻を取り戻すことに失敗した後、七カ月のあいだマケドニアのストリューモーン河の河口に近い大岩の下の洞穴で暮らした、とも。

花嫁なら　もうひとり　筆者の母方

いちども高島田を結うことなく
裲襠(うちかけ)を羽織らなかった花嫁
白粉(おしろい)も塗らず　紅(べに)も引かず
着たきりの絣(かすり)の単衣(ひとえ)
畳に素足で坐っているだけで
顔のない男たちが　月の庭にしのび入り
障子(しょうじ)に唾をつけた　という
二十(はたち)で　無口な婿を取り
女の子　つづいて男の子を産む
いとしみ育てた二人の子を
つづけざま墓に収めてからは
うつけて　夜ごと裏戸を抜け出し
持ち出した釘で　墓土を掘り返し
親たちに連れ戻された　という
それが　ぼくの母の母
ぼくの会ったことのない祖母

の祖母、向野シカノ＝一八七九年生は、九九年に二ノ宮儀吉(いそきち)と結婚しているが、じっさいは儀吉の入婿のような生活だったらしい。のち儀吉と離婚。一九一八年、父親久次郎死亡ののちは家督を相続。

いる理由のなくなった夫は消え
日の降りそそぐ庭の戸を押して
訪れる　すべての男の　妻
知らぬ者ないひそひそ声の噂
鞍手（くらて）　また　倉師（くらし）とも呼ぶ
暗く眩（まぶ）しい土地で

＊

見上げても　見上げられない
見渡しても　見渡しきれない
高さも高い樹　巨（おお）きさも巨きい枝
その高さ数百丈　頂（いただき）は雲を突き破り
その影　土を覆うこと数十里
昼も葉叢（はむら）に隠れて日を見ず
そこで　古い郡（こおり）の名のクラシ

戸を押して　誰（たれ）そこの屋の戸押（お）そぶる新嘗（にふなみ）にわが背を遣（や）りて斎（いは）ふこの戸を――『万葉集』巻第十四　東歌相聞（あづまうたさうもん）。

鞍手　また　倉師　地名の由来は、地元では六ケ岳に連なる飯盛山頂に祀られる鞍橋君（くらじのきみ）によるといわれる。（中略）この「クラテ」がなまって「クラジ」になったという。―『角川日本地名大辞典40福岡県』　くらてぐん鞍手郡。クラジはふつう倉師と表記。クラは神籬磐座（ひもろぎいわくら）と関わるか。

高さも高い樹　倉久村春日神社社記によれば、当郡に高さ数百丈の楠があって郡中枝葉に覆われて暗かったが、その大木が自ら倒れて明るくなったので暗出（くらで）郡と名づけられたともいう。――同前。

その樹　伸び拡がりの果てに
みずから倒れ　土は暗きを出る
そこで　新しい郡の名のクラテ
しかし　祀(まつ)られる神の名は
闇於加美(くらおかみ)　御津波(みつは)　甕(いさ)　樋(たけ)……
いずれも草木(そうもく)の下ばえ奔(はし)る
暗い水の　囁(ささや)き交わす霊魂たち
独り占めしていた太陽を放し
声挙げて倒れた樹はどうしたか
龍骨のようなその幹は　枝は
霾(つちふ)る歳月の　時の土の下
暗い水の霊魂たちに洗われて
丈夫(ますらお)の筋肉なす厚く黒い石の層に
地表から　縦に穴を掘り下げ
横に　横に　掘り進め
蟻穴(ありあな)の網の目の迷路をめぐらし

闇於加美　御津波　甕　樋　旧鞍手郡、現直方市下新入(しもしんにゅう)、遠賀(おんが)川の支流、犬鳴(いんなき)川西にある剣(つるぎ)神社の現在の祭神は日本武尊(やまとたけるのみこと)だが、併せて右記の神神を祀る。おそらくは六ケ岳から出て犬鳴川に注ぐ水系の水神たちで、これが同社の古い祭神だろう。これらの神神と宗像三女神の関係は不明。闇於加美、闇御津波の闇はクラシ、クラテのクラと関係があるか。

縦に穴を掘り下げ　選定新入鉱区(三八万余坪)は(中略)明治一六年開坑に着手、二年後に深さ一三〇

層に到り　砕いて手押車（ておしぐるま）に乗せ
運び出し　火を点ずれば
炎を上げて　燃えあがる石
その火熱で　鉄鉱石を熔（と）かし
船を作り　大砲を　砲弾を作る
そのための燃える石は　いくら
掘り出しても　掘り出し足りない
そのための掘り手は　幾人（いくたり）
吊り下ろしても　下ろし足りない
不作で青ざめた村という村から来た
男たちは吊されて　つぎつぎ下りて行く
燃える石の冥界へ　黄泉（よみ）へ

＊

地上へ還って来た男たちは

尺の新入竪坑（たてこう）を完成した―『角川日本地名大辞典40福岡県』しんにゅうたんこう新入炭鉱。
その火熱で　鉄鉱石を熔かし　わが国の富国強兵策の一根幹を担（にな）ったのが、石炭鉱業および製鉄業だったのは周知の事実。此（こ）の御世（みよ）に、免寸河の西に一つの高樹有りき。其（そ）の樹の影、旦日（あさひ）に当れば、淡道島（あはぢ）に逮（およ）び、夕日に当れば、高安山（たかやす）を越えき。故（かれ）、是（こ）の樹を切りて船を作りしに、甚捷（いとはや）く行く船なりき。――『古事記』下巻仁徳天皇記・枯野（からの）という船の段。
燃える石の冥界へ　わが国の石炭鉱業は坑夫たちの死の危険を絶えず孕（はら）んでいた。新入坑も例外ではない。教祖オルペウスの冥府行を重要な教義とするオルペウス教は、古代ギリシアの採鉱従事者のあいだに熱心に

穢(けが)れた作業衣も脱ぎあえず　急ぐ
闇於加美　御津波　甕　樋……
暗い水の霊魂のような　優しい女へ
子を亡くし　夫に消えられた女が
そんな霊魂のひとつにされたとしても
誰に咎(とが)めることができようか
女は男の性急な胤(たね)をみごもり
障子の内　畳の上に産み落とす
それが　ぼくのそばかすだらけの母
祖母三十三の恥掻(はじか)き子　恥掻き子は
母親の背中にしっかり縛りつけられて
その背から母親を姦(おか)す男の重さを
その重さに水の霊魂のように咽(むせ)ぶ
母親の声を　なまなましく記憶する
それは　燃える石の活気に沸く土地の
古い百姓家の薪小屋(まきごや)の　真昼間の暗い神話

信仰されていた、という。

男の性急な胤をみごもり　筆者の母久子の父親は備中(びっちゅう)玉島生で牧野真一といったらしい。向野シカノとはたぶん結婚せず、同棲か。久子三歳の時死亡。炭坑事故か。

母親を姦す男　もちろん久子の父親ではない。シカノにはつねに複数の男関係があった、という。

乳房の未熟な恥搔き子は　背中を下り
母親の死に顔に　ウサギの面を被せ
日傭取りの黒い息子の花嫁になる
声も出さずに　夜ごと夫を受け容れ
三人の女の子と一人の男の子を産む
闇於加美　御津波　甕　樋……
暗い水の霊魂たちに付き添われて

6　白い手

母よ――
永遠に泣き濡れる夕陽にむかって
永遠に同じ道　同じ地面を　轔轔と
轔轔と　あなたの押しつづける乳母車
降ろした幌の天鵞絨の蛇腹の内側
赤い總ある天鵞絨の帽子を目深に

背中を下り　シカノの死は一九二九年、久子十六歳の十二月。なお、シカノは卯年。卯年の女は美しいが色情的、といわれた。ウサギの多産に因する農村の口碑らしい。

母よ――　母よ――／淡くかなしきもののふるなり／紫陽花いろのもののふるなり／（中略）母よ　私の乳母車を押せ／泣きぬれる夕陽にむかつて／轔々と私の乳母車を押せ／／赤い總ある天鵞絨の帽子を／つめたき額にかむらせよ――三好達治「乳母

泣き寝入りに眠るつめたい額は　誰？
それはぼく　永遠に零歳のぼく
零歳のまま　八拳鬚　胸まで垂れて
胸に垂れた鬚も　髪も　真白になるまで
眠りつづけるぼく　眠りつづけたまま
くりかえし　乳母車を押されつづけ
くりかえし　道の終わり　崖から海へ
弾みをつけて　まっすぐに　まっさかしまに
落とされつづけ　落とされつづけるぼく
落とされながら　乳母車はいつか籠に
蓋を合わせ隙間を埋めた葦の籠に
盲らの葦舟に　まなしかたまに
盲らの舟は　夕陽の血の海のおもてに
ゆっくり着水して　音もなく浮かんで
崖の上からは　こよなく優しい白い手が
いつまでも　いつまでも

車」。

八拳鬚　是の御子、八拳鬚心の前に至るまで真事登波受。——『古事記』中巻垂仁天皇記・本牟智和気王の段。時に、適皇后の開胎に当れり。皇后、則ち石を取りて腰に挿みて、祈りたまひて曰したまはく、「事竟へて還らむ日に、茲土に産れたまへ」とまうしたまふ。——『日本書紀』巻第九神功皇后摂政前紀。

崖から海へ　モンタージュ理論によるエイゼンステインの映画『戦艦ポチョムキン』には、嬰児を乗せた乳母車が母親の手を離れて落下して行くシーンがある。

葦舟　然れども久美度迩興して生める子は、水蛭子。此の子は葦船に入れて流し去てき。次に淡島を生みき。

振られつづけ　振られつづけて
さようなら　さようなら

＊

母よ――
目のない舟の閉ざされた黒い闇から
ずり下りた大きすぎる帽子の下
下ろした目蓋(まぶた)の内側の赤い闇から
ぼくの盲らの心は　くりかえし問いかける
あなたは誰なのか　誰だったのか
戸籍簿に記載されたあなたたなら　知っている
あなたを産んだのは　ひとりの女
だが　産ませた男は　精確には解らない
颪わたる青田の中に　とつぜん現われ
みるみる成長した黒いピラミッドが

是(こ)も亦(また)、子の例(たぐひ)には入れざりき。――『古事記』上巻伊邪那岐・伊邪那美結婚の段。『日本書紀』神代下に見える「無目籠(まなしかたま)」は葦舟の別名か。

さようなら　そして　怒濤は泣きたてながら／眼のない屍(かばね)を大急ぎで運び去った／そのとき　窓に何だか白いものが見え／「さようなら」とそこから声が聞こえた。――レールモントフ「タマーラ」稲田(いなだ)定雄(さだお)訳。

戸籍簿に記載されたあなた　筆者の母久子の戸籍抄本の父の欄は空欄。生前の母の言によれば父親は備中玉島生の牧野真一だが、母親向野シカノの奔放な異性関係を考えると、父親を特定できる根拠はかならずしも

そのいくつもの乳房なす円錐形（えんすいけい）が
貧しさにあえぐ国じゅうの村村から
引き寄せた男たちは　指折り切れない
燃える石の冥界は　彼らを際限なく呑みこむ
そのように　男たちを際限なく受け容れる
母親を憎んで　あなたは成長した
母親の年甲斐もなく豊かな乳房を疎（うと）んで
あなたの乳房は　いつまでも未熟だった
奔放な美しさのまま　母親が死に
夜ごと寝床に這（は）う継父（ままちち）を蹴とばして
あなたは叔母の家に引き取られた
叔母の家で三年の　婢（はしため）のような生活ののち
猫の子でも遣（や）るように　見知らぬ家の
見知らぬ息子の嫁にと　放り出された
それがぼくの出生に先立つ　あなたの来歴
しかし　それはあなたの顕（あら）われた顔

十分とはいえまい。

夜ごと寝床に這う継父　前抄本向野シカノの項に「昭和四年拾弐月弐拾壹日午後五時参拾分本籍ニ於（おい）テ死亡同居者丸山金次郎届出」と。

光に照らし出されたその顔の裏側には
もうひとつ　あなたじしんも与り知らぬ
太古以来の怖ろしい顔が　匿されてあるはず
顕われた未熟な二つの乳房の裏側には
豊かに漲る多数の乳房が　二列に並んで
子供たちを哺み育て　だが　その上には
濡れた牙の光る口が　大きく開かれて
育った子供たちを　頭から貪り食らう
擡げた両手には　摑まれて一匹ずつ
毒持つ蛇がくねって

＊

母よ——
そうそうと風の吹く並木のかげを
乳母車を押しつづけるあなたは　第一のあなた

多数の乳房　たとえば小アジアのイオニア古代植民都市エペソスのアルテミス女神像。

擡げた両手には　地中海ミーノーア文明時代末期のクレーテーの女神像は擡げた両手に一匹ずつ蛇を摑んでいる。

そうそうと風の吹く　はてしなき並樹のかげを／そうそうと風のふくな

道の終わり　崖から夕陽の海のおもてへ
乳母車を落としつづけるあなたは　第二のあなた
では　変身して海に浮かんだ葦舟にむかって
いつまでも振りつづける　優しい白い手は？
それは　第一の　そして　第二のあなた
振りながら　振りつづけながら　手は
盲(めく)らの葦舟から　みるみる遠くなる
振りつづける手から見捨てられて
ひとりになった葦舟は　盲らのまま
夕陽が夕闇に変わる海の上　波の共(むた)
行く手に　やはり盲らの葦舟が
一つ……二つ……三つ……
ゆらゆらと揺れて　ただよって
先導してくれているのを　知る
ぼくに先立って　乳母車を押され
ぼくに先立って　乳母車を落とされた

り――三好達治「乳母車」。

振りつづける手　筆者四歳の時、母久子は筆者を残して中国天津(テンシン)の愛人大串貫次郎の許(もと)へ奔(はし)った。ただし、この時、母の振りつづける手と幼い筆者のあいだにあったのは、祖父母の家の前にあった新入(しんにゅう)明神池(みょうじんいけ)。

先導してくれているのを　この辺のイメージは宗像神社辺津宮の外港神湊海上における秋季大祭（みあれ神幸祭）の舟行の印象による。

一人……二人……三人……の
ぼくの　つめたい額の姉たち！

7　呼びつづける者

いまは深夜
ぼくは机の前にいる
目の前にはアームランプ
何も書かれていない白い紙
だが　紙はほんとうに在るのか
紙の前のぼくは　ほんとうに
目覚めて　そこにいるのだろうか
ぼくはたしかに生まれたのか
よし生まれたにしても　零歳のまま
うつほ舟の　うつほの闇に眠りつづけ
時の海を流れ　漂いつづける

白い紙　おお夜よ、素白の衛守固くして　虚しき紙を／照らす　わが洋燈の荒涼たる輝きも、——マラルメ「海の微風」鈴木信太郎訳。

うつほ舟　さてかの変化の物をば、うつほ舟にいれてながされけるとぞ

眠りつづけ　漂いつづける者が
同時に　目覚めた者として　ここに
いるということがありえようか
それにしても　今夜の冷えること
机を囲んで　板壁はぴしぴし締まり
ストーブはごうごう吠えつづける
こんな夜だ　うるんだ硝子戸（がらすど）の外
骨ばかりの黒い樹樹のむこう
暗い海の　見えない沖から
机の上の紙より白い吹雪が
吹雪の目つぶしの奥から
闇より濃い盲らの島たちが
吹雪の声で　声を限りに
ぼくの名を呼び
呼びつづけるのは

きこえし。——『平家物語』巻第四鵺（ぬえ）。秦（ハタ）ノ河勝（カハカツ）の壺・桃太郎の桃・瓜（ウリ）子（コ）姫子（ヒメコ）の瓜など皆、水によつて漂ひついた事になつてゐる。だが此は、常世から来た神の事をも含んであるのだ。瓢・うつぼ舟・無目堅間（マナシカタマ）などに這入（はひ）つて、漂ひ行く神の話に分れて行く。——折口信夫『古代研究』民俗学篇1若水の話。彩れる箱船に横たはるみどり児（ご）あり／風は蕭々（せうせう）とその上を吹きすさびて／波立騒ぐ洋（うみ）に恐怖の陰は迫る——シモーニデース「ダナエーの歌」田中秀央（たなかひでなか）・木原（きはら）軍司（ぐんじ）共訳。

*

むつお……むつお……むつおおお
そうです　ぼくの名は　六峯(むつお)
六つの峯から成るひとつの山
その山を仰いで育った父と母が
男の初児(ういご)のぼくに被(かず)けた
だが　二人は知っていたろうか
その山の名が　姉よ　姉たちよ
神語りの今　永遠の現在に
天(あめ)の八重雲(やえぐも)を　厳(いつ)の千別(ちわ)きに
あなたがたが降(お)り立つ峯だ　と
山の名を被けられたぼくが
あなたがたの眩(まぶ)しい天降(あまくだ)りを
ひたすら待ちつづける場になる　と

むつお　筆者の名の初案は父が剛、母が*彦、おたがい反対し、申告期限が迫って睦郎に落ちついたというが、ムツオの音が父母共に眺めて育った鞍手富士の別称を持つ六ケ岳から来ていることは明白。

天の八重雲　天(あめ)の磐座(いはくら)放れ、天の八重雲をいつの千別(ちわ)きに千別きて、天(あま)降(くだ)し依(よ)さしまつりき。——『延喜式』祝詞部・六月晦大祓。

だが　あなたがたを待つぼくは
あなたがたに待たれて　在る
あなたがたに応えることは
ぼくじしんに応えること
あなたがたの声のありかが
逆波(さかなみ)の牙剝(む)いて相撃(あいう)つ先の
吹雪(ふぶき)の垣のさらに奥なら
ぼくは　木の葉のような舟を
危うい波のいただきに置こうか
けれども　すでにぼくはうつほ舟に
封印されていたのではなかったか
うつほ舟は　封印を施されたまま
流れて　一つの浦に漂い着き
押さえられ　一つの刻(きだ)をきざまれて
ふたたび　沖へと押し出される
二つ……三つ……四つ……五つ……

あなたがたに待たれて　近い頃まで、国家最高の神官なる聞得大君(きこえおおぎみ)以下地方の神職なる祝々(のろのろ)が、神と称せられたのはもちろんのこと、そこではいまなお、一切の女人が、その兄弟等に、「をなり神」として崇(あが)められている。――伊波普猷(いはふゆう)『をなり神(がみ)の島(しま)』。

木の葉のような舟　左(ひだ)り右(みぎ)り見めぐらせど、向伏す雲のみなり。あへて漕ぎ出でし七つの舟は、木の葉のうきたらんよりもちひさし。――青柳(あおやぎ)種信(たねのぶ)『瀛津島防人日記(おきつしまさきもり)』。種信は江戸後期筑前黒田藩に仕えた国学者。宗像神社への尊崇篤く当日記は沖ノ島守備のため同島に渡った折の記録。

六つ目の六浦(むつうら)で　六つ目の刻を
そして　七浦(ななうら)は　姉よ　姉たちよ
吹雪に閉ざされたあなたがたの島
うねる白波の八重折(やおおり)の奥にある
目つぶしの　見えない入江

*

いまは空も海もなく
いちめん真白な吹雪の中
牙を剝く波を踏む真白な脛(むかはぎ)
雪繁吹(ゆきしぶき)　波繁吹の荒れる直中(ただなか)
差し伸ばされる真白な腕(ただむき)
漂い着いたうつほ舟を取り押さえ
六つの刻を六つ数え
七つ目の刻をきざむかわりに

白波の八重折　しら波の八重折がうへにくすしくもいます神かも沖つ御島は――『瀛津島防人日記』。

真白な腕　栲綱(たくづの)の　白き腕(ただむき)　沫雪(あはゆき)の　若やる胸を――『古事記』上巻大国(おほくに)主(ぬしのかみ)　神沼河比売(ぬなかわひめ)求婚の段。

吐く間に氷結する白い息して
封印の蠟をはがすのは　誰か
それはあなた　あなたがた
島の繁みの奥から　三つの岳から
降りて来た一人の　三人の姉たち
あなたの二つの手に押さえられ
あなたがたの六つの手に破られて
ぼくはうつほ舟の眠りから覚める
それは　同時に　あなたの
あなたがた　三人の目覚めの時
ぼくとあなたがたの目覚めのために
父を　そして　母を眠らせる時
アームランプの下の白い紙を
黒い文字で　文字たちで汚す時
その時　紙はたしかに在り
ぼくはたしかに在る

三つの岳　沖ノ島には一ノ岳、二ノ岳、三ノ岳、ほかに白岳がある。

同時に　あなたの　加太（紀州）の淡島明神は女体で、住吉の明神の奥様でおありなされた。処が、白血長血（しらちながしなどともいふ）をわづらはれたので、住吉明神は穢れを嫌うて（中略）前の海に流された。（中略）加太に漂著したので、其女神を淡島明神と崇め奉つたのだ。（中略）此は淡島と蛭子とを一つにした様に思はれる。――折口信夫

8

呼びかえし　その一

ねえ　と　ぼくは白い紙に書く
さ　と　つづいて　ん　と書き加える
ねえさん　ぼくのねえさん　それはぼくの
あなたへの　声を持たない呼びかけ
ぼくのねえさん　ぼくの大きいねえさん
大きくて小さいねえさん　ぼくの
大きいは　ぼくの上の姉だから
小さいは　わずか四歳で死んだから
だが　それよりもまず　ねえさん
あなたは何処（どこ）にいたのですか　何処に
何処に　と書いて　ぼくはその何処に
継ぎ目のない寛（ひろ）い闇を　置く
闇の中に　見えない樹樹

『古代研究』民俗学篇２三郷巷談。

ねえ　幼児の「ねえさん」または「ねえちゃん」という愛語には「ねえ」という嬌（あま）えの混った呼びかけが含まれているはずだ。

わずか四歳で　筆者の長姉汎美は一九三三年七月二日出生、三八年三月三十日死亡。

見えない樹樹　かつてわが国のすべ

樹樹の中に　見えない道と
道の突き当たりの何重もの垣
垣の内の見えない階段と
階段の上の錠の下りた扉とを
とつぜん　覆面をした二つの顔と
手袋をした四つの手が泛(う)かびあがり
錠に鍵を刺し　回して扉を呻(うめ)かせ
にわとりの作り声して　呼びかける
階段の下では　あなたの道を照らす
松明(たいまつ)が　すでに燃えている

＊

かけろう　かけろう　ろう　ろう
かけくう　かけくう　くう　くう
眠りの深い井戸の底から　呼び覚まされ

ての神社にあったはずの深夜の森の中の聖域で行われる遷宮の秘儀の本質は死と復活で、その本質はげんざい伊勢神宮の二十年ごとの遷宮祭儀に痕跡をとどめている。

覆面をした二つの顔　遷宮祭のクライマックスは覆面をした大宮司と少宮司が正殿内に入り御神体を運び出し、絹垣(きんがい)に包んで新正殿に移す行為で、その道行は松明に照らされている。ただし、げんざい開扉(かいひ)や鶏鳴(けいめい)の役には大宮司・少宮司とは別人が当たる。

かけろう　遷宮の際の鶏鳴は内宮ではカケロー、外宮ではカケクーという、とされる。カケロー、カケクー

半透明な膜に巻かれ　光に先導された旅
短いとも　長いとも　いえるその道行（みちゆき）を
あなたは憶えてはいないでしょう
気が付いた時　若い父母（ちちはは）のあいだに
七月のあふれる光の中に　あなたはいた
光の眩しさ　というよりは痛さに驚いて
泣き　泣声の烈（はげ）しさに驚いて泣きつづけた
だが　驚きには歓（よろこ）びも混っていたはず
あなたのいのちの五年足らずの時間を
遅れて来たぼくは　語ることができない
ぼくにわずかに可能なのは　願うこと
たとい父が毎朝どぶ泥を釣りに出かけても
たとい母が言葉もなく畳に坐（すわ）り込（こ）んでも
あなたは光に包まれつづけていたのだと
やがて妹が生まれ　あなたはねえさんに
弟が生まれ　大きいねえさんになった

はいずれもわが国上代（じょうだい）の鶏鳴の擬声表現。

どぶ泥を釣りに　筆者の長姉、汎美出生当時、父四郎は失業中で、毎朝弁当を持って、工場廃水でヘドロ化した洞海湾に釣りに出かけたらしい。

やがて妹が　筆者の次姉美由紀の誕生は一九三六年一月二十八日。筆者

母が思い出したように語ったあなたは
怪しいほど利発な子　利発で優しい女の子
会った誰にも　死にさえ愛されるほどにも
しかし　死はまだ光に恥じて匿れていた
若い父母と幼い子供たちの小家族には
光だけがあった　その光にいつの日か
翳がさすなどと考える者はなかった
翳はとつぜん訪れた　覆面と手袋をして
死と相携えて　三月の畳に上がり込んだ
父が残して行った亡骸に取りすがって
親族たちが悲しみの儀式に耽っていた時
大人たちの後ろから覗いていた幼い額が
死の高熱に捉えられて燃えていると
誰も気付かなかった　気付いた時は手遅れ
光の家は翳に占拠され　その戸口から
二つの柩を並べて出さねばならなかった

の誕生は翌三七年十二月十五日。

三月の畳に　筆者の父四郎の急性肺炎による死は一九三八年三月二十九日。翌三十日には長姉汎美の死が続いた。死因は急性脳膜炎。父子二つの柩は並んで火葬場に向かった、という。

その終わりの旅を　はじめの旅にもまして
あなたは憶えているわけがない
その道行には　にわとりのつくり声も
松明の先導もなかったはずだから

＊

ねえさん　ぼくのねえさん
ぼくの大きい　大きくて小さいねえさん
そうして　あなたは何処へ行ったのですか
あなたは成長して花嫁となるかわりに
あなたに先立って死に　死と合体した父の
死の　幼い花嫁となって　闇に棲(す)んだ
ねえさんと呼ぶべきあなたを知らず
ぼくは大きくなった　年ごとのいくつもの
吹きつのる嵐の夜に突き当たり　かい潜(くぐ)り

死の　幼い花嫁　お娘御(むすめご)を黄泉王(しにがみ)の花嫁としてのお居間に当てた、石敷の洞穴(うつろ)の中へと、――ソポクレース「アンティゴネー」高津春繁(こうづはるしげ)訳。
吹きつのる嵐の夜　夜よ、吹きつの

そのような夜には　あなたも大きくなる
あなたは　大きくて小さいねえさんは
小さくて大きいねえさんに　成長する
だが　錠の下りた扉の中に眠ったまま
ぼくは覆面と手袋をして　錠に鍵を刺し
扉とその内の闇を呻かせましょう
にわとりの声であなたを驚かしましょう
かけろう　かけろう　ろう　ろう
かけくう　かけくう　くう　くう

9　呼びかえし　その二

ねえ……
あなた　というよりは　あなた以前の闇
闇　というよりは　闇以前の白　にむかって
ねえ　と　ぼくは呼びかける　そして　さん

る嵐に揺り動かされて、／何と急に広くなることか——（中略）このような夜には、私の姉は大きくなる、／彼女は私が生まれる前に生まれそして死んだのだ、ずっと幼くて。——ライナー・マリア・リルケ「〝ある嵐の夜から〟より」矢内原伊作訳。

すると　磨硝子(すりがらす)を透(とお)して　さんさんと
さんさんと　降りこぼれる　午前の日差
日差の中に泛(う)かびあがる　桜の木の坐り机
机の上の　日差とわかちがたい満開の桜
無心な小さな指が　葩(はなびら)をひとつひとつ
むしって　ひとつひとつ　こぼして——
葩を額に　瞼(まぶた)に　頬に乗せて　眠る若い母親
露(あら)わな乳房を　あどけない唇がいっしんに吸って——
それが　ねえさん　あなたとぼくの　そして
母のいる最初の風景　記憶以前の記憶の絵
だが　永遠が定着を命じたかに見えた絵は
とつぜん色を喪い　つづいて白黒を反転する
反転されてはじめて鮮(あざ)かな　畳の上の薬盆
空っぽの睡眠薬の容器と　硝子の吸呑(すいのみ)
ねえさん　あなたとぼくは死ぬはずだった
いや　ぼくらはひとたび死んだのだ

満開の桜　事件は筆者の父四郎の死の直後、一九三八年四月初旬に起きた。

記憶以前の記憶　もちろん語り部としての母の反復刷り込みによる擬似記憶。

畳の上の薬盆　事件の内容は夫と長女をつづけて喪った母が、幼い次女と長男を道連れに図った一家心中。同日、舅(しゅうと)夫婦の偶然の来訪によって心中は未遂に。

父を追った母が　道づれにしたのだ

＊

ひとたび死の影をくぐった者が
もういちど光へ立ち帰って　生きるには
手つづきが要る　償いという名の手つづきが
ねえさん　ぼくのすぐ上の　小さいねえさん
あなたは幼い身で　それを引き受けた
自分の分だけでなく　ぼくや母の分までも
あなたは　母やぼくから引き離され
晴着を着せられ　黒い汽車に乗せられた
石胎(うまずめ)の叔母の女(むすめ)になり　暗い階段を上った
幼い魂にとってどんなに衝撃だったか
あなたはぼくや母との記憶をすべて失った
あなたが夜ごと　畳の上の洗面器にそそぎ

償いという名の手つづき　吾(あ)は伊那(いな)志許米志許米岐(しこめしこめき)穢(きたな)き国に到りて在(あ)り祁理(けり)。故(かれ)、吾は御身(みみ)の禊為(みそぎせ)む。——『古事記』上巻禊祓(みそぎはらへ)の段。

階段を上った　筆者の叔母高橋ツヤノの夫勇との住まいは二階にあった。石胎の女の養女となり階段を上ることとは、深層心理的には巫女になり神殿に上ることに繋(つな)がろう。

洗面器にそそぎ　その同じ洗面器に

朝ごと　両手にささげて　階段を下り
井戸端のニワトコまで　捨てに行った尿は
あれは　あなた流のみそぎではなかったか
ぼくは思い出す　従姉弟どうしとして
あなたと二人　白装束　白い手甲・脚絆
モモとナノハナのむせる小径を辿って
お堂からお堂へとめぐった　小さな巡礼の旅
チョウがまつわりつき　ハチがうなり
ヒバリが舞い上がっては　霞の空に孔を開けた
途中　あなたはしゃがみ　ぼくは立って
草萌えに放った尿の　なんと輝いていたこと
ぼくが　あなたのことを　最初の恋人と
思ったとしても　無理ではないでしょう
ぼくらは幼年という神神の世界にいた
そこでは　姉と弟は肉親で　恋人だった
だが　ぼくらはふたたび引き離された

またがつて広東の女たちは、嫖客の目の前で不浄をきよめ、しやぼりしやぼりとさびしい音を立てて尿をする。——金子光晴「洗面器」。

小さな巡礼の旅　麦がのび、見わたす限りの平野に黄ろい菜の花の毛氈が柔かな軟風に薫り初めるころ、まだ見ぬ幸を求むるためにうらわかい町の娘の一群は笈に身を窶し、哀れな巡礼の姿となつて、初めて西国三十三番の札所を旅して歩く。——北原白秋『思ひ出』「わが生ひたち」。

姉と弟は肉親で　恋人　『古事記』上巻天安河宇気比の段の天照大神の

あなたの流離の旅は　さらに続いた
あなたが　小さいねえさんのあなたが
小さくて大きいねえさんとなって
ひととき　ぼくらの家に帰って来たのも
あなたの止むことないさすらいの途中
あなたのさすらいは地の果てまで続き
海に没し　ヤヒロノオオワニとなって
島の砂を這い上り　涙を流して卵を産んだ
一つ……二つ……三つ……　そして
あなたの胎は　叔母と同じく石になった

*

ねえ……ねえさん……いまは
成人した三人の子供たちの母親
一人の嫁のもの分かりのいい　姑

弟須佐之男命への呼びかけに「我が那勢の命」。なお、ギリシア神話のクロノスとレア、ゼウスとヘラのように兄妹で夫婦神という事例は各民族の古代神話に普遍的に見られる。

ヤヒロノオオワニ　豊玉姫、自らに大亀に馭りて、女弟玉依姫を将ゐて、海を光して来到る。（中略）已にして従容に天孫に謂して曰さく、「妾方に産むときに、請ふ、な臨ましそ」とまうす。天孫、心に其の言を怪びて窃に覘ふ。則ち八尋大鰐に化為りぬ。——『日本書紀』巻第二神代下第十段一書第三。

一人の夫の泣かない寡婦（やもめ）
あなたの夫の葬いの寒い午後
ぼくは死者の名を書いた幟（のぼり）を掲げて
橋を渡り　坂道を上る列の　先頭に立った
後ろから　遺骨を抱いて　山門を入る
黒紋付のあなたを　ぼくは見なかった
ぼくが見ていたのは　ナノハナの匂いの中
ハチのうなり　ヒバリの囀（さえず）りの中
お堂からお堂へとめぐる白い列の中の
小さな白装束のあなた　そばにはもちろん
もっと小さい白装束のぼくも　いる
ぼくが小さい弟でありつづけるためには
あなたが小さい姉でなければならない
白装束のあなたとぼくは　白装束のまま
小さい姉と小さい弟のまま　いつか
白い列からはぐれ　たった二人

葬いの寒い午後　筆者の次姉美由紀の夫平田昭郎は一九九三年十二月二十九日死去、翌九四年一月六日本葬。

白い列　かつて筑後地方に一般的な春の風習だった千人参りの白装束は、死者のまねび・死の練習の意味を担（にな）っていただろう。

目路の限り　海に入り海の底までつづく
ナノハナの黄の中を　二匹のチョウ
のように　後になり　先になり
どこまでも　いつまでも　歩き
歩きつづける

10　呼びかえし　その三

ねえ　と言いかけて　ぼくはためらう
いったいあなたを　ねえさん　と
ぼくのねえさん　と呼んでいいのか
ねえさんにならあるはずの　長い髪が
やさしい指が　あなたにはない
弟のぼくの耳に　口を寄せるとき
耳たぶに触れるはずの濡れた息がない
それ以前に　顔や胸があるのだろうか

二匹のチョウ　1　魂を表す。それは虫＝体とは反対のイメージからである。2　死を表す。――『イメージ・シンボル事典』butterfly チョウ。

長い髪　即ち御髪を解きて、御美豆羅に纏きて、乃ち左右の御美豆羅にも、亦御縵にも、亦左右の御手にも、各八尺の勾璁の五百津の美須麻流の珠を纏き持ちて――『古事記』上巻須佐之男命の昇天の段。

ましてうなじとか　腰とかが
あなたのありようを喩えるなら　蛹(さなぎ)
黴(かび)くさい墳穴(つかあな)ふかく眠る古代の死者が
骨化した胸にかけた翡翠(ひすい)の勾玉(まがたま)のように
くるんと彎曲(わんきょく)した一つづきの肉塊
それが　すこしずつ人間の胎児の形に
変身するにしても　ずっとのちのこと
しかも　男とも　女とも　まだ不明
だが　想像の暗い水の中に　いっぴきの
虫として眠るあなたを　他(ほか)の誰でもなく
ねえさん　と　ぼくはあえて呼びたい
ぼくが他の誰でもなく　あなたの弟
であるためには　あなたはぼくのねえさん
でなければならない　他の誰でもなく
そうですね

勾玉　わが国上代独特の装身具である勾玉の発生については多様な説があるが、胎児のある過程の形態から来ているというのも有力な説の一つ。それなら、勾玉を首や腕に飾る死者が眠る墳穴(つかあな)は母胎に当たろう。

*

あなたが姉なら　ぼくより先にいたはず
しかし　外界の何処かではなく　母の裡（うち）に
胎内であまりに重くなったあなたを
外界に産み落とすために　母は海を渡った
幼いぼくを捨て　肩幅広い後ろ姿を追って
その男は父ではない　父ならとっくの昔
死の床からゆっくり立ち上がり　後ろ向き
根の国　底の国へ歩み去っていた　だから
母が追ったのは　死んだ夫の反転した影
だから　母の渡った海は　影の　陰画（ネガ）の海
母を乗せて列車が走ったのは　陰画の曠野（こうや）
列車の到着先　異国の陰画の都市の裏側に
用意されていたのは　影の　陰画の分娩室（ぶんべんしつ）

母は海を渡った　筆者の母久子の中国天津渡航は一九四三年。愛人大串貫次郎を追ってのことだったが、当時殺人罪として法的に禁じられていた堕胎を国外で窃（ひそ）かに行う目的もあったろう。

陰画となって入った母は　陰画の股を拡げ
陰画のゴム手袋を受け入れ　吐き出した
出て来た陰画の手には　陰画のあなたが
無感動に摑まれて　形ばかりひくひくして
それが　呱呱(ここ)の声もないあなたの誕生
そして死　あなたのかりそめの柩は
琺瑯(ほうろう)引きの金盥(かなだらい)　木の柩にはもちろん
蓋付きの硝子(がらす)の柩にすら　移されることなく
あなたの誕生と死は　闇から闇へ葬られた
立会人は覆面をした医者ただ一人だったから
母親といえども覆面の母親だったから
あなたの誕生と死は　覆面の誕生と死
立ち会った誰もが知って知らぬふり
あるいは　知らぬふりのふり　だったか
窓硝子を擦る　芽吹きはじめたエンジュの樹
土塀の上の　痛いほど青い三月の空さえもが

呱呱の声もない　観念の窓より覗(のぞけ)ば、蓮の葉笠を着(きた)るやうなる子共の面影、腰より下(しも)は血に染(そみ)て、九十五六程立(たち)ならび、声のあやぎれもなく、「おはりよ〳〵」と泣(なき)ぬ。——『好色(こうしょく)一代女(いちだいおんな)』巻六夜発(やほつ)の付声(つけごえ)。

覆面の誕生と死　生まれていれば筆者の弟か妹になったはずの被堕胎児はもちろん一度も存在しない者として処理された。そのことにより筆者はこれを姉として産みなおす自由を獲たことになる。

だから　かわりにぼくが　あなたの誕生と死を
陰画から陽画（ポジ）へ　反転させなおさなければ
蛹のあなたを　母の胎（はら）ならぬ弟の胎へ
ぼくの頭蓋の　想像力の胎内へと押し戻し
顔も　胸もある　うなじも　腰も備えた
小さな完全な淑女として　産みなおさなければ
はじめて外気に触れたとき　誰もが挙げる
驚きと悦びの声を　改めて挙げさせなければ

*

ねえさん
ぼくのいちばん小さいねえさん
ぼくにずっと後（おく）れて　この世に登場した
それでもぼくには　間違いなくねえさん
あなたはぼくから生みなおされて

想像力の胎内　想像とは西洋哲学の最初の紹介者、西周（にしあまね）が imagination に当てた漢語の援用だが、同音異義の創造＝creation の連想から逃がれられないようだ。

小さな完全な淑女　バルテュス「十二歳のマリア・ヴォルコンスキー王女」または岸田劉生（きしだりゅうせい）「麗子（れいこ）像」のイメージ。

間違いなくねえさん　古代琉球語では、ゑけり　兄弟のことを（現代琉球

生まれたそのままの大きさで
ぼくの頭蓋の　蓋付きの硝子壜（がらすびん）の中
記憶のホルマリンの羊水に沈んでいる
沈んでいるあなたを頭蓋に収めて
ぼくは昼間の雑沓（ざっとう）をうろつき
夜遅くまで机の前で起きている
ときどきぼくは　自分が歩いているのか
あなたが目覚めているのか　わからなくなる
かくれんぼはもういいでしょう　ねえさん
硝子壜の蓋押し上げて　あるいは
壜の硝子こなごなに砕いて　出ていらっしゃい
たとい　その結果　ぼくの頭蓋が
こなごなに破裂してしまうとしても
出ていらっしゃい　そうしなければ
あなたとぼくとは　姉と弟として
まともに向きあって　見つめあい

語ではwikí）といい、姉妹を、をなり（wunayi）というが、兄弟姉妹というように、熟語になる場合には、をなり・ゑけり（wunayi-wikí）となる。こうして女性を男性の上に置く言表わし方が、南島全体の習わしであった。——伊波普猷『をなり神の島』。

かくれんぼ　かくれ遊びとあるは今云（い）ふかくれんぼなるべし。（中略）かくれんぼはかくれ子の転語——山東京伝（さんとうきょうでん）『骨董集（こっとうしゅう）』。

会話することができない

11　ぼくは誰？

ぼくはまっすぐに対っている
白い紙　むしろ　白い闇？に
もう何時間　何日　何年ものあいだ
その姿勢のまま　そんな気さえする
立てた首はしびれて　さながら木の棒
見つめる目は痛みを通り越して　穴
くちびるはいたずらに震えるだけ
ぼくは不眠の審神者
目の前にひろがる白い闇は
さやに掃き浄められた白砂の庭
砂は砂のまま　動き　沸きかえり
渦巻き逆巻く潮の流れとなって

不眠の審神者　建内宿禰大臣沙庭に居て、神の命を請ひき。——『古事記』中巻仲哀記・神功皇后の新羅征討の段。中臣烏賊津使主を喚して、審神者にす。——『日本書紀』巻第九神功皇后摂政前紀。

奔騰ち　雲霧る　厳しい渾沌から
溟涬に牙すもののかたちを産み出す
もののかたちは同時に言葉のかたち
くちびるはやっとのことに呟いてみる
ね……え……ねえ……さ……ん……さん
ねえさん　大きくて小さいねえさん
ねえさん　小さくて大きいねえさん
ねえさん　小さくて小さいねえさん
そして　三人のねえさんは　ついに
一人のぼくのねえさん　ならば
三人の　一人のねえさんを呼び出す
ぼくは誰だろう?

*

日の照りつけるしんかんと白い道を

奔騰ち　雲霧る　厳しい渾沌　吹き棄つる気吹の狭霧に成れる神の御名は、多紀理毘売命。（中略）次に市寸島比売命。（中略）次に多岐都比売命。——『古事記』上巻天安河宇気比の段。渾沌れたること鶏子の如くして、溟涬にして牙を含めり。——『日本書紀』巻第一神代上第一段。

日の照りつける　桑の葉の照るに堪

青葉の青い色と匂いに耐えながら
歩きつづける　ぼくは旅人
ペタソスを被(かぶ)り　サンダルを穿(うが)つかわりに
蝙蝠傘(こうもりがさ)を携え　運動靴を履いた旅人
暗い予言の実現を迂回した神話の旅人が
獅子の胴と鷲(わし)の翼の姉妹を見つけたように
三つの顔と六つの乳房持つ姉を求めて
ぼくの旅は休みなく　終わりがない
ねえさん　あなたが生まれたという
棟割長屋を捜して　ぼくは歩いた
軒の低いその家の遺跡を蔽(おお)って
高層建築が犇(ひしめ)いているばかりか
地番も　町の名も　消え失せていた
あなたが朝ごと洗面器の尿(いばり)を捨てに行った
ニワトコの井戸端を　ぼくは尋ねた
井戸は埋められ　ニワトコは抜かれ

へゆく帰省かな——水原秋櫻子(みずはらしゅうおうし)『葛飾(かつしか)』夏。

ペタソスを被り　サンダルを穿つ
ペタソスを被りサンダルを穿つのは古代ギリシアの典型的旅装。「獅子の胴と鷲の翼の」女怪スピンクスを退治した「神話の旅人」オイディプースもこの姿で表現される。

その上を舗装道路が走っていた
血まみれの死児のあなたが見なかった
エンジュの葉越しの空を　ぼくは求めた
聳え立つ煙突が吐き出す煙の暈に
空はもう空ではなかった
踵を返して　風渡る稲田の穂波を分け
あなたが降りたったという峰を攀じた
トビウオと競う高波をしのいで
あなたが在るという島に渡った
靴のゴム底はずいぶんいろんな土を踏み
傘の石突はさまざまの風景を指した
どの土　どの風景にもあなたの記憶
けれど　現のあなたは見つからなかった
あいかわらず　あなたを捜しつづけながら
ぼくは　自分が　あなたの形代として
求めつづける山こそ　求めつづける島こそが

エンジュの葉越しの空　筆者の母久子の胎堕しただろう中国北京または天津ではエンジュ（槐樹。わが国の古称えにすはイヌエンジュのことかとも）の街路樹をふつうに見かける。

あなたの形代　以後宗像氏が奉祀する〝神体島〟としての性格をしだい

姉のあなたではなく　弟であるぼく
ぼくじしんだったのではないか
と　思いはじめている

＊

ふたたび　島
目路(めじ)の限りつづく海の中の潮の川
その源の奔騰(たぎ)ち　雲霧(たき)る　厳しい渾沌(こんとん)より
首(こうべ)を挙げる島影　つい先頃(いつか)までその全体を
包んでいた吹雪の目つぶしは消え去り
緑あらたなタブノキ　ヤブニッケイの
葉ごもりを透いて　痛いまでの光
驚いたように叫ぶオオミズナギドリ
オキノシマネズミが下草を走る
姉たちはどこへ行ったか

に顕著にしてゆき（中略）、神の島として近隣の信仰を集めることとなった。――小田富士雄(おだふじお)編『沖ノ島と古代祭祀』祭祀遺跡沖ノ島の歴史的位置・小田富士雄。

タブノキ　ヤブニッケイ　常緑広葉樹のタブノキやヤブニッケイ（中略）不器用な海鳥のオオミズナギドリ（中略）島の生成時からいたといわれるオキノシマネズミ（後略）。――『沖ノ島と古代祭祀』宗像～沖ノ島案内・松本肇(まつもとはじめ)。

姉たちは正装し　首に玉飾　腕に石釧
手には鏡と剣を取り持ち　御前の浜
熊野の諸手船がうち群れて　勢揃いして
船出の下知を　その声を待っている
沖には幻の海驢　いまはこの海上から
消え失せたはずのニホンアシカの群が
輝かしい海の道を　先導せんものと
波を搏ち　喚び交わしている

12　何処へ

見よ
眉の上に手を翳し
翳しの下の目を細め　遠く
視線の矢を投げる眩しい海の沖
鳴き交わすオオミズナギドリ

首に玉飾　腕に石釧　一七号遺跡からはこのほか鉄製の剣・刀・蕨手刀子・碧玉製の車輪石・石釧・管玉・滑石製の勾玉・管玉・小玉・棗玉などが出土している。——『沖ノ島と古代祭祀』沖ノ島祭祀の変遷㈡祭祀遺物の内容・弓場紀知。

ニホンアシカの群　古語でミチと呼ばれたニホンアシカはかつて日本弧をめぐる海域に広く分布。とくに沖ノ島からその骨が多数出土することは、その繁殖地だったこの島が、海上航行中の食料確保のため発見され、しかるのち信仰の島となった可能性を示唆している。

波を搏つニホンアシカが先導する
たがいに二隻ずつを繋いだ船団
天の石樟　その岩乗な太幹を
焼き刳り抜いた諸手船の
片方には顔のない両手
手は楫を握り　漕ぎつづけて
片方には正装した姉
首に玉飾　腕に石釧
鏡と剣を取り持つ立ち姿は
船団の先頭から順に
大きくて小さいねえさん
小さくて大きいねえさん
小さくて小さいねえさん
三人の姉たちは進みながら
三の三倍　九の九倍
八十一の八十一倍　その倍　倍

天の石樟　次に生める神の名は、鳥之石楠船神、亦の名は天鳥船と謂ふ。——『古事記』上巻神々の生成の段。カヌーには前述のアウトリガー・カヌーのほかに、二艘船ともいうべきカタマランというカヌーの形式がある。この方は当時日本にはなかったのだろうかと考えてみる。——茂在寅男『古代日本の航海術』。

と　みるみる殖えつづけて
殖えつづける姉たちと
殖えつづける諸手船は
青雲(あおぐも)のたなびく極み
白雲(しらくも)の堕(お)り坐向伏(いむかぶ)す限り
青海(あおみ)の原は棹楫(さおかじ)干さず
水や空　膨れあがる潮(うしお)の坂に
満ちつづけ　覆いつくして

*

ねえさん
あなたがたの進む舳(へさき)は何処へ？
進む舳は神話の夫なる人を目指して
船子(かこ)も　揖取(かんどり)も選び抜いた
双つ胴の船団を連ねた嫁入り

青雲の　皇神(すめがみ)の見霽(みはる)かします四方(よも)の国は、天の壁(かき)立つ極み、国の退(そ)き立つ限り、青雲(あをぐも)の靄(たなび)く極み、白雲(しらくも)の堕(お)り坐向伏(ゐむかぶ)す限り、青海(あをみ)の原は棹柁(さをかぢ)干さず、舟の艫(へ)の至り留まる極み、大海(おほみのはら)に舟満ち続けて――『延喜式』祝詞部・祈年祭(としごひのまつり)。

船子も　楫取も　船子(ふなこ)選(えら)で乗せて／手楫(てかぢ)選で乗せて（中略）細波(さざらなみ)立てば

細波　夫婦波をしのいで
無数の鈴の金の響きを振り撒いて
朝凪ぎののちは　昇る日の円盤
夕凪ぎのあとは　上がる月の弓
赤星　群れ星の目のまばたく下
進む舳の果てに　海面からそのまま
伸びる　長い　高い　白木の階段
階杙には天の鳥船　鳥の遊びする
迅い艀をいくつも繋げて　遊ばせて
めくるめく高階　長階の遠い先には
横雲の棚引く中　白木の大扉が開き
立てめぐらした青柴垣　その中に
しつらえられた新娶りの新床
そこには美豆羅髪　正装した花婿が
日のように　月のように　微笑って
あなたがたを待ちわびている

／夫婦波立てば／鈴の鳴りし居れば／金の鳴りし居れば（中略）朝凪れがし居れば／夕凪れがし居れば（中略）ゑけ東方の瑞日／ゑけ咲い渡るの桜（中略）ゑけ上がる三日月や／ゑけ神ぎや金真弓／ゑけ上がる赤星や／ゑけ神ぎや金細矢／ゑけ上がる群れ星や／ゑけ神が差し櫛――『おもろさうし』第十ありきゑとのおもろ御さうし。

海面からそのまま　其の宮を造る制は、柱は高く大し。板は広く厚くせむ。又田供佃らむ。又汝が往来ひて海に遊ぶ具の為には、高橋・浮橋及び天鳥船、亦供造りまつらむ。――『日本書紀』巻第二神代下第九段一書第二。当時、出雲大社の前は、神門水海とよばれる大きな入江になっていたから、引橋（高橋）の先に

*

あなたがたの裸の清らかな踵が
入ったあと　音立てて扉が閉ざされる
ふたたび開いた扉から　二人ずつ
腕を組んで出て来る花嫁と花婿の
晴れやかに笑みまけた顔は　されこうべ
顔のみか　組んだ腕も裸の足も骨
骨の花嫁　花婿は双つ胴の船に乗り
海面に満ちる船団はふたたび走り出す
櫂持つ手も　楫握る手も骨　骨の船は
前よりさらに迅く　海を走り　空を走り
幾世紀　幾十世紀の時を走り
眼下には　幾百　幾千の滅びた都市
雲を焦がし　天を染める最後のそれは

は、浮桟橋（浮橋）がもうけられ、そこに船（天鳥船）がつけられていたのだろう。——上田正昭編『出雲』出雲大社と古代建築・川添登。

青柴垣　因りて海中に、八重蒼柴籬を造りて、船枻を踏みて避りぬ。——『日本書紀』巻第二神代下第九段。

花嫁と花婿　此の大国主神、胸形の奥津宮に坐す神、多紀理毘売命を娶して生める子は、阿遅鉏高日子根神。次に妹高比売命。亦の名は下光比売命。——『古事記』上巻大国主の神裔の段。大国主命が国譲りによって一種の冥界の神になったとすれば、その妻である多紀理毘売命も冥界の神妃になった、と考えられよう。

終末の日の　電光（いなずま）と声と雷霆（いかずち）
地震と大いなる雹（ひょう）の襲来の中
砕裂し　砕裂しやまぬ未来都市
骨の花嫁　花婿たち　骨の船団は
その上も通り過ぎ　星星のあいだ
真空の海を走りつづける
いまは空に満ち　空を覆って
星星よりはるかに夥（おびただ）しい
船たち　花嫁　花婿たち
ぼくは渚に下り　踵　膝　腰
乳首　口　目の下まで波に没して
海の果て　空の果てを　惘（あき）れて
痴呆（ばか）のように　ただ見つめている
いまは宇宙に満ち　宇宙に溢（あふ）れ
いまに宇宙を破裂させるだろう
ねえさん　ねえさん　ねえさんたち

電光と声と雷霆　斯（か）くて天にある神の聖所（せいじょ）ひらけ、聖所のうちに契約の櫃（ひつ）見え、数多（あまた）の電光（いなづま）と声と雷霆（いかづち）と、また地震と大（おほい）なる雹（へう）とありき。――新約聖書『ヨハネ黙示録』聖書連盟訳・第一一章。

ぼくは　此の三つの表（しるし）を以（も）ちて神のみ体（み）の形（かた）と成して、三つの宮に納め置きたまひて、即（やが）て隠（かく）りましき。因（よ）りて身形（みのかた）の郡（こほり）と曰（い）ひき。後の人、改めて宗像と曰ふ。其（そ）の大海命（おほあまのみこと）の子孫は、今の宗像朝臣（むなかたのあそみら）等、是なり。――『西海道風土記』。大海命は宗像三女神の弟で宗像氏祖と伝えられる神。

あなたがたを見つめたまま
寄る波に　みるみる溺れる
ぼくこそが　姉たちの島！

（たかはし・むつお　一九三七〜。初収：『姉の島――宗像神話による家族史の試み』集英社　一九九五年）

おそらくは三女神の祭祀者で海人族の統率者か。

みるみる溺れる　いざ吾君（あぎ）　振熊（ふるくま）が痛手負（いたて）はずは　鳰鳥（にほどり）の　淡海（あふみ）の湖（うみ）に潜（かづ）きせなわ――『古事記』中巻仲哀記・忍熊王（おしくま）の反逆の段。

入沢康夫

わが出雲・わが鎮魂

わが出雲

……八雲立出雲国者　狭布之稚国在哉、初国小所作
故将作縫詔而　栲衾志羅紀之三埼矣　国之余有耶見
者　国之余有詔而　童女胸鉏所取而　大魚之支太衝
別而　波多須々支穂振別而　三身之綱打挂而　霜黒
葛閪々耶々爾　河船之毛々曽々呂々爾国々来々引来
縫国者……　（出雲国風土記）

I

やつめさす
出雲
よせあつめ　縫い合された国
出雲
つくられた神がたり
出雲
借りものの　まがいものの
出雲よ
さみなしにあわれ

*

ふみわけた草木の名前

かきわけた草木の名前は

やまかがみ
みらのねぐさ
まつほど
やますげ
やまあさ
なるはじかみ
くらら
つちたら
ありのひふき
はひまゆみ
にぎめ
かみのや
さるかき
かさくさ

むこぎ
につつじ
いをすぎ
ほとづら
いはくみ
にれ
かへ
おけら
つき
まゆみ
らふえる
まい
あめく
ざあび
あるみ
とろめ

かいな
あてのうら

Ⅱ

すでにして、大蛇の睛のような、出雲の呪いの中にぼくはある。米子空港の滑走路は、ほおずきの幻でいっぱいだ。異国の男がずかずかと歩いている。あの男も天から来た。緑のひげを生やしたいかめしい男。背広の右の袖口から突き出ている氷の棒。左の袖にかくされた金属の棒。だが、いまは、そんな男に、かかずらってはおれないのだ。外交問題はこの次にしよう。

屋代、

安来（やすき）、
舎人（とね）、
大草（さくさ）、
　出雲郷（あだかや）。
すでにして、　　土砂降りの国
　ぼく　は出　道に、真赤な
　　雲の　呪い　草の実の幻が
　　　の中　を西　なおも舞狂い、
　　　　に走っている。更に雨を呼び、
　　　　　フロント・グラスがばしゃ
　　　　　　ばしゃ濡（ぬ）れる。まるで
　　　　　　天鳥舟（あめのとりふね）。いや、む

しろ、うつぼ
舟だね、と思う間
に、その雨があがつて
夕陽がまともに照りつける。
(気違い天気だ)　意宇(おう)平野の北
一匹　の犬　のはずれ、意
が死　人の　宇の川が血み
腕を　銜(くわ)え　どろの入(い)り海(うみ)
て走つている。　に注ぐあたり、

ただ
ひ
た
むきに——
その犬はや。

何をしに出雲に来たのか。友のあくがれ出た魂をとりとめに来たのだ。わが友、うり二つの友。時間の、闇の中で、鳰鳥(におどり)のようにほの白く笑う、若くして年老いた神。みずから放つた矢に当つて、喪山(もやま)の藪かげにとり落され、見失われたという、その魂を。

すべてがすべてと入り混り、侵し合う、この風土を怖(おそ)れていては、望みを果たすことなど到底できない。ぼくを乗せたセドリックは、ついに松江の街に入る。ああ、見よ。わがふるさと、十余年ぶりの。だが、ここにも、直として数多(あまた)の道路の新開し、家々は軒を高くしあざとい夢のかけらで、その軒々を飾り立てている。思惟(しい)を返すどころのいとまもなく、月並みの感傷にふけるゆとりもなく、親友の魂(たま)まぎに乗り出さねばならない。

闇の海の
鵼鳥
ほの白い笑い
若くして年老いて
とり落されて
見失われて
うり
なすび

車は大きく傾斜し、第四のどぶ川を渡って、
この贋(にせ)のふるさとの奥の院へと突入する。

Ⅲ

かつて名を許知渡(こちと)と呼ばれた第四のどぶ川
それは今しがた越えた
右手には　ぼくの生まれた町の幽霊が洞穴のように伸び
そこから大勢の青ざめた顔がのぞき
だが　ぼくは　再びそこへ入つてゆかないし
ゆけない
すみれ色の
いたちのように走り出てくる子供たち　けだものたち

谷の奥に、道のきわまるところ、心をはげまして、白々と冴える石段をのぼる。並び立つ石の柱を大きく右まわりにまわつて、更にまた石段をのぼる。

青水無月（あおみなづき）の夕闇にまぎれて、いくつもいくつも鳥居をくぐつた。

蹴ちらかす
ときじくの
柘榴（ざくろ）の実
親たちの骨
因果骨
踏みしだく
　くらら
　つちたら
　　まい
　あめく

石だたみの両側に、うずくまつた黒いけものたち、その声のない非雛のつぶやき。

このとき
魂すでに抜けた友人は
蟬(せみ)のように大杉の幹にとりついて
こちらを見おろしている
おい　どこにあるんだ
君の魂は

Ⅳ

夜ふけて、ふたたび驟雨(しゅうう)。傘を借りて拝殿にのぼり、旧友たちの集いに加わる。壺の中で煮えたぎる湯。空しい誓い。去年までの島が、今は完全に地つづきになつて、きみたちは、その大きな砂洲(さす)に町をたてる相談をしている。

どんなブルドーザーが、どんな夢を押していくのか。

《夢といへば　品なきものを》　所詮は似たりよつたりさ

《深山には　霰降るらし》　何だか寒々として来たな

《翻り戸や　檜張戸》　風が出たらしいね

《檜張戸や　翻り戸》　戸がばたんばたんいつている

《おけ》　じや、これで、お開きにしようや

ふりかえれば、木綿かけた榊の裏で、血ばしつた目が、こちらをしきりにうかがつている。（それにしても、どこにあるのだ、わが出

雲は。ことごとく、これは、贋の出雲)

明日の予定、

神魂、八重垣、

佐陀。

＊

こう、こう、こう、と呼ばわつて、友の魂まぎ、ひと夜寝にけり。寝所のまわりで、よっぴて、呻く声、ささやく声。それが、やがてはつきりした言葉となる。隣室に寝ていた啞の子が急に起き上つて叫んだのだ、ここは暗いなあ。そのとたん、壁に立てかけてあつた金箔ばりの弓がばたりと倒れて、はじとみから光が溢れて来る。

朝だ。
屋の棟で鶏（かけ）ろが鳴き交し、
牛たちが、人の顔した仔牛（こうし）を産む出雲の朝。

V

昨日の犬が、夜のうちに死人の腕を社の縁先に置いていつた。
何の前兆？

神魂、
八重垣、佐陀、
予定どおり。

鏡の沈んでいる池に　なんと多くのいもりたちよ。
あれは　錆び朽ちた　鐚銭(びたせん)同様の、
愛の記憶を
一つ一つ餌にして生きているのだよ。
そして
今は木さえまばらな《神秘の森》

（ガラス鐘の中の白へび・鳴つていた赤青の幡(はた)・アセチレンの匂い・ギリシア風記念館のきせる・社殿のうしろで朽ちていく女雛(めびな)男雛(おびな)・椿並木・その枝々に蓑虫(みのむし)のように吊り下つた何十人の首くくりたち・まがりくねつた仮橋・七度の大火と崩れた築地と・さくら餅の香・ぼてぼて茶の塩(しょ)つぱさ・麻の葉のすかし彫り・香合(こうごう)・花入れ・遠ざかるホーランエンヤ・塗り盆・姉(あね)さま人形・春慶塗りの引出し付き階段……）

（いいか、松江の街なんざ
風土記の頃には、まるつきり水の下だつたんだ）

VI

南と北の
三つの館
友の魂まぎ
たずねて見たが
見失われた
その魂は
どこへ行つたか
かげさえ見えず……

ぼくたちはまた市内にもどつて、時間はずれの昼食をとつた。

《ココハ小サイデスケレドモ、気持ノヨイ所デスカラ》
《テーブルヲミナ、クッツケタライイトオモイマス》
《私ニハ黒ヤ青ハ似合イマセンカラ赤ニシマシタ》

《手ガコオッタリ、ツブレタリイタシマシタ》
《ソノ魚ハマズ鰓(エラ)ノトコロデ切リ離スト食ベヨイデスヨ》
《切リ口ガタテノガ雄デ、ヨコノガ雌トイウワケデス》

《モウ八年間モオトサタガアリマセン》
《羽根ヲネズミニ食ベラレテシマイマシタ》

《コノオ酒ハ、私ノトハチガイマス》

《ナイフヲ取リカエテミマセンカ》
《私ドモハ、オ名前ヲ存ジマセン》
《塩ト一ショニ丸ゴト嚙(カ)ンデ、殻ダケ吐キ出シテ下サイ》

《珍ラシイ鳥デスガ、鳴キ声ガヨクナイト思イマス》
《ヤケドニ赤貝ノ汁ガキクトイウノハ、本当デショウカ》
《風ガナイノニ笹(ササ)ガユラユラ動イテイマス》

《石ヤ木ニマデ、自分ノ名ヲツケルコトハアリマスマイ》
《オクサンガ千円デスカラ、アナタハ千五百円デスヨ》
《オイシソウナノデ、アナタノオイデニナル前ニイタダキマシタ》

行けなかつた熊野(くまの)の、五本の樫(かし)の木の下から、あの友人の幻が水干(すいかん)を着て立ちのぼり、白つぽい顔は左右に揺れて、いやいやをしているように見える。(本当に、あの顔は白く、いぼいたの蠟(ろう)で造つた面のようで)くちびるの片端だけが、ぽつちりと赤い。

《猪狩(イノシシガ)リニ行キマセンカ。冬ニナッタラスグ》
《ボクハ親友デスケレドモ、本人デハナイノデス》
《後悔シタクナイナラ、ソノ薪(マキ)ヲ炉ニホウリコンデハイケマセン》

だまされてはならない、

群立(むらだ)つ雲のような
七巻きまいた葛(かずら)のような、
この贋(にせ)の出雲の
底知れぬ詐術に。

VII

海はいくぶん荒れていて
無数の髪の毛を陸地へ吹きつけてよこした
役場の前に積み上げられたコカ・コーラの木箱にもたれて
ぼくたちは　不幸な男の話をしていた
だまされて　雲を抱いた男
そして雲から生まれたおびただしい人と馬とのあいのこのことを
海の上には雲が車輪の形に光り
その中央に　月があわびのからの色で燃え
空の上の上のほうを

一羽の首のないあおさぎが叫んで行った
「教えて下さい　あの人の魂は
どこにあるのでしょう　一体どこに
どこに　どこに　どこに　どこに」
そんなことが判るくらいならば……

防波堤の突端に七本ののぼりがはためき、その竿のあいだから大きな蟹が空へ這いのぼろうとしている。
祠の前で犬が石になり、その犬に追われた猪も石になり、その石が赤く焼け、斜面をころがってきて、
人を殺す。
まっ黒い運河の土手。その向うを、曳き船の檣上灯がゆっくりと移動する。第七神路丸とか、どうせそんな名前の船だ。

波打際に立つていると
底のぬけた柄杓（ひしやく）を持つたやせこけた女が来て
何をしているのかと聞くのだ
何もしていないと言うと
神様はもう上つてしまつたというのだ
どんな神様が　どこに上つたというのか
ふみにじる　魚の鰓（えら）　魚のひれ　魚の腸（はらわた）
　よする白波（しらなみ）
　　　　あひだなく
　　　　　　　　思ふになんぞ……

誰に会いたいのだ

何かがいま、月をすつかり隠してしまつた。

Ⅷ

ヌエドリ一名トラツグミ〔山で〕
《何をしているんですか、あの水つぽい詩人は？》

キジ〔野原で〕
《探しているんです、もう何千年も前に失くしたものを
いまだに、性こりもなく》

ニワトリ〔庭先であざわらつて〕
《ケケロケケー》

IX

二つの川の落ち合うところで
八つの桶（おけ）を四角に並べ
その真中に穴　掘りくぼめて
蜜と乳と
酒と水と
袋いっぱいの麦粉　ふりまき
黒い獣の黒い血をしたたらせる

友の魂(たま)　求めて——

思いもかけず
気の狂つた母にぼくは出くわす

《お母さん　ぼくが父さんの鼻から生まれた
なんて　おつしやつても
誰も信じてはくれませんよ　そうでしょう
海はだめでしたよ
泣き声で　いつそ海を乾かしてしまいましょう
お母さん
ただ　おう　おう　とだけ叫ぶお母さん

あなたの喉につまつていた　金色の痰（たん）から
大きながじゆまるの樹が生えました
あなたを焼いた谷の煙は　すてきにミルク色で
お母さん
もう決して帰つてはいけませんよ
姉さんなら元気です
いつも　まつすぐ前を向いて立つて
変にぴかぴかしていますが
あまり信用できない》

ポケットの中で、櫛（くし）が二つに折れた。

《お母さん　ぼくはあなたの死んでからの子だけれど
やはりあなたの子なんですから
遠からず　狂うはずです
たのしみです》

三度まで、飛びついて母を抱こうとしたが
　母の姿はその度にぼくの手からぬけ落ち、
　　　（翼ある
　　　長い髪の
　　オオナムチの最初の妻が
　　逃れて　夜見(よみ)の船戸を
　翔けるときに発した妖しい叫び声
　　愛する者のそばから
心ならずも逃げ去らねばならぬものが
きまつて　ああいつた叫びを上げる）
　いま　その叫び声が

ぼくのすぐ左手の笹藪から起つて、
　杜松（ねず）の木の下枝をかすめ、
　　川下の方へ
　　しだいに
　　　遠
　　　　ざ
　　　　　か
　　　　　　つ
　　　　　　　て
　　　　　　　行
　　　　　　　く。

その声を追つて野に出れば、
十何万のがぜる群　角をふり立て　がががが、
十何万のがぜる群　角をふり立て　がががが。

X

そのとき、贋の出雲は、ぼくの前で、決定的に二重になり、三重になり、無数の姿を一時にさらけ出した。

すべてが眼の前に平べつたくひろがるかと思うと、一瞬のうちに、氷柱のように垂直になり、また崩れ立ち、

ぼくは、足の裏と、ひかがみと、腰と、みぞおちと、背と、頸と、頭と、それぞれに、ちがつた出雲を同時に感じた。

空気は、ここでは松やにのようにねばつこく、またここでは、砂か

とばかりさらさらと流れたが、
その中をぼくは進んだ、走り、歩き、あるときは這(は)いずり、あるときはただあおむけに寝そべつて。
ぼくを遠まきにとりまいて、リズムを失つた夜と昼とは乱脈に交替し、
とてつもなく巨(おお)きな星が、ぼくの頭のすぐ上に夢のように降りて来ては、舌うちして遠ざかつて行く。
そそり立つ岩むらの一つ一つから光が射し、ぼくには理解できない

信号を交し、踏んでいく草は、倒れながら怒りの叫びを挙げ、
眼の高さを、千の丸木舟と、千のムカシトンボが右往左往した。
東の広野には一面の大群衆が、ひとり残らずあぐらをかいて、地上
三四尺のところを浮遊し、
その広野が周囲から沼に変わり、入り海に変わり、その海がまた干
上つて陸地になり、
丘の上に、天にとどかんばかりの高殿がたち、たつては崩れ、崩れ
てはまた建てられ、

まるで微速度撮影の映画さながら、しかも速度は、端の方と中央部
とでは歴然と喰いちがつているために、

やがて、すべては風に吹きはがされる田舎まわりのプロレスのポス
ターのようにはがれ落ちて、

青黒い闇と沈黙の中へ、ひとしきりひらめきながら消えていつた。

XI

（それにしても
どこにあるのか　友の魂

本当の
出雲は）

XII

こう、こう、こう、と呼ばわつて、友の魂まぎ、友の魂まぎ、幾夜か寝つる。ついに、魂まぎかねて、途方にくれようとしたときに、**雷鳴がおこつた。**跳びはねる猪のように、百の人穴にこだました。その人穴の一つからとび出してふり仰いで、ぼくはとうとう見つけたのだ。わが出雲を、そして友の魂を。（あの穴の奥で、仮の眠りをむさぼろうとしたときには、ぼくは確かに、誰かと道連れだつたのだが、それが誰であつたのか、どうしても思い出せぬ）

からだ　出雲は　三つの顔を持っ
た巨大な生き物だった　盲いた二
つの顔は天空に向けられ　口は裂
け　青い血が八方に噴き出してい
た　第三の顔の中央に開いただ
一つの目は地軸を見すえていた
その背には幾十の火山がはなや
かな花冠をひろげ　檜や杉に覆われ
た全身は　ふしぎになまめかしく
ゆるやかに波立っている　ぱっく
りと口を開けた臓腑からは　黄
緑の臓腑がたぎり立って流れ落ち
その流域に　家々の集落が黴（かび）の花
のようだ　そして　その左の前足
あたり踏みしだかれた栗の茎の一
本に　鍵のようにひっかかっていま

ひと　語らなぶらまけにけにこりとる

小さな光　そ
れがぼくの求めて
いたもの　わが親友の
魂で　ぼくはそれを　血も
凍るおもいで　両のて
のひらに　そつと
すくい上げた

XIII

毘売(ひめ)の埼(さき)
旅のおわりの
鴛鴦(をし)・鳧(たかべ)
浮きつつ遠く
永劫(えいごう)の
魂まぎ人が帰つて来る

意恵（おえ）！

わが鎮魂（自注）

注の作製にあたって参照し利用した文献は数多いが、おもなものは、各々の注において記しておいた。出雲神話および「出雲国風土記(いづものくにふどき)」に関して、もっとも多くを負うているのは次の二著である。鳥越憲三郎著『出雲神話の成立』（創元社、昭四一・五）、加藤義成(かとうよしなり)著『出雲国風土記参究』（原書房、昭三七・一二）。後者は、注の中ではしばしば『参究』と略記してある。
「古事記」「日本書紀」「風土記」その他の古典の原文の引用は、ほとんどすべて、岩波書店版日本古典文学大系本によっている。これらの、注における略記は次のとおりである。

『記』　→　日本古典文学大系1『古事記　祝詞(のりと)』、倉野憲司・武田祐吉校注（昭三三・六）
『紀』上下→　日本古典文学大系67 68『日本書紀　上・下』、坂本太郎・家永三郎・井上光貞・大野晋(おおのすすむ)校注（上、昭四二・三、下、昭四〇・七）
『風土記』→　日本古典文学大系2『風土記』、秋本吉郎校注（昭三三・四）
『古謡』→　日本古典文学大系3『古代歌謡集』、土橋寛・小西甚一校

注（昭三二・七）

「古事記」「日本書紀」については、おおむね「記」「紀」と略し、また、「神代記（じんだいき）」「垂仁記（すいにんき）」「神代紀」「崇神紀（すじんき）」等の略記法を併用した。「風土記」については、特に指定なき場合は「出雲国風土記」を示している。

二五七頁

八雲立出雲国者……　「出雲国風土記」意宇郡の部に見られる有名な国引きの詞章。該当部分の読み下し文を、岩波大系本『風土記』により示せば、

（意宇と號くる所以は、国引きましし八束水臣津野命、詔りたまひしく、）「八雲立つ出雲の国は、狭布の稚国なるかも。初国小さく作らせり。故、作り縫はな」と詔りたまひて、「栲衾、志羅紀の三埼を、国の余ありやと見れば、国の余あり」と詔りたまひて、童女の胸鉏取らして、大魚のきだ衝き別けて、はたすすき穂振り別けて、三身の綱うち挂けて、霜黒葛くるやくるやに、河船のもそろもそろに、国来々々と引き来縫へる国は、（去豆の折絶より、八穂爾支豆支の御埼なり。此くて、堅め立てし加志は、石見の国と出雲の国との堺なる、名は佐比売山、是なり。亦、持ち引ける綱は、薗の長浜、是なり。）

以下、同様にして、狭田の国、闇見の国、三穂の埼、を引き寄せる次第が語られ、次の如くに結ばれている。

「今は、国は引き訖へつ」と詔りたまひて、意宇の社に御杖衝き立てて、「おゑ」と詔りたまひき。故、意宇といふ。

（この国引の神話は、「記」「紀」には全く見えていない。）

I

二五八頁

やつめさす／出雲　「出雲」の枕詞としては「八雲立つ」がよく知られているが、ここでは、「記」にある出雲建についての歌を下敷きにしている。

「やつめさす　出雲建が　佩ける太刀　黒葛多巻き　さ身なしにあはれ」

（「記」）

「紀」においては、この初句が「八雲立つ」である他は同じ。ただし、「記」と「紀」では、この歌についての物語が異なる（後注参照）。なお、「やつめさす出雲」は「八（弥）芽刺す出藻」から来たものとされている。

よせあつめ……／つくられた……／借りものの……　前出の国引き神話にしたがえば、出雲の国土は多くの「他処」から引いて来て「作り縫」われ、大きくされたものだが、いわゆる「出雲神話」そのものについても、これは本来出雲地方で伝承された土地神に関する神話・伝説というよりも、「記」「紀」編纂の頃、日の神の子孫の治める陽の国に対する、陰の国・夜の国の必要上、それを出雲に措定し、各地の伝承を寄せ集めて、大和朝廷で作られたものであり、古代出雲地方を中心として大和に対抗するに足る大国家があったわけではない、との説がある（鳥越憲三郎氏『出雲神話の成立』その他)。

この三行は、また、本作品自体の構成の一面についての説明でもあることは、以下の諸注においてお判りいただけるとおりである。

「借りものの、まがいものの」は、太刀替えの物語を媒介に、次の「さみなしにあわれ」にも接続する。

さみなしにあわれ　前出、出雲建の太刀の歌の最終句、「さ身なしにあはれ」より。この歌についての物語の大略を「景行記」によって示せば、

九州の熊曽建を討った倭建命は、更に出雲の国の首魁、出雲建をも討とうと、ひそかに木刀を帯して出かけ、出雲建をさそって一緒に肥の河で水浴をする。河から上った倭建命は出雲建の太刀を自分で差してしまいながら、太刀のとり替えっこをしようと言い出す。こうして、自分の差して来た木の太刀を出雲建に持たせた上で勝負をいどみ、たちまちに打殺す。ここで倭建命の歌ったのが前出の歌である。

「崇神紀」においては、話はこれと異り、刀のとり替えは、崇神帝六十年に出雲の豪族の兄弟同士で行われる。

兄の出雲振根が筑紫へ赴いた留守中に、朝命を受けた弟の飯入根が祖先伝来の神宝を献上してしまう。帰った振根は弟の軽率を責め、なお怒りがおさまらぬまま、遂に太刀替えのトリックで弟を殺す。その折の時人の歌として前出の歌がある。

いずれにもせよ、《卑怯な騙し討ち》であることには変りなく、また、事が《出雲の大和への屈服》に関係があることでも同様である。後者では、これに、《弟殺し》のテーマが加わる。権威に恭順なる弟が叛逆的な兄に殺されるという形式では、「旧約」のアベルとカインの場合と共通する。

また、「さみなしにあわれ」の「あわれ」の意味については、「記」の場合は倭建命の歌とあるから「アアオカシイ、ザマヲミロ」の意となり、「紀」では時人の歌とするから、同情の意、「カワイソウダ、キノドクダ」の表現ともとれる。鳥越氏の前出書（五八頁）には、次の如く説かれてある。

「しかしこの歌の原形は、どう考えてもこんなに物悲しい格調をもっているものではない。『八雲立つ出雲建が佩ける太刀…』と歌い出すこの格調の美は、雄々しい出雲の勇士を讃える言葉でなくて何であろう。『葛多巻き』という表現も、太く強大な太刀を示したものであり、末尾の『あはれ』もあっぱれ見事だと讃えた言葉である。出雲の勇士を讃美した歌が、替え歌として、彼ら勇士の没落をうたう哀歌となったのであろう。」（傍点、入沢）

「あはれ」の意味のとり方で、この歌全体の立場が変転するように、「あわれ」の意味によって、『わが出雲』の立場もまた。

二五八－二五九頁

ふみわけた草木の名前／かきわけた草木の名前は　「ふみ」「かき」は「文」

「書」と音通。草木に関しては、「神代紀」下、第九段の「草木ことごとくに能く言語有り」や、「常陸国風土記」の「草木言語ひし時」や、「出雲国造神賀詞」の「石根・木立・青水沫も言問ひて荒ぶる国なり」などのレミニッサンスがあり、また、言の葉、言葉とも関連する。「記」「紀」「祝詞」などでは、岩や草木が物を言うことは「荒ぶる神たちが活動するのと同列に取扱われている」（岩波大系本『紀』上、補注2—一二）。

二五九—二六〇頁

やまかがみ…… 以下、「まゆみ」までは、「出雲国風土記」に、郡毎に物産として列挙されている（有用）植物の名前の中から、主として音韻によって選んだ。加藤義成氏『出雲国風土記参究』に依拠して、各々について記して見ると、「やまかがみ」ブドウ科のビャクシン（用途は解熱および腫物の薬）、「みらのねぐさ」ウマノスズクサ科のサイシン（風邪・頭痛・口熱の薬）、「まつほど」サルノコシカケ科のブクリョウ（水腫・淋疾・嘔吐・心臓病の薬）、「やますげ」ユリ科ジャノヒゲおよびヤブラン（強壮・鎮咳・解熱・嘔き止め）、「やまあさ」タデ科のアイ（疥瘡薬）、「なるはじかみ」ヘンルウダ科サンショウ（健胃・整腸・駆虫等）、「くらら」マメ科のクララ（駆虫・健胃、根汗をなめると目も眩めくほどにがいのでこの名がある由）、「つちたら」ウコギ科のウド（食用・回陽薬）、「ありのひふき」キキョウ科キキョウ（祛痰・鎮咳）、「はひまゆみ」ニシキギ科マサキ（脚気・疼痛の薬）、「にぎめ」コンブ科ワカメ（食用）、「かみのや」ラン科オニヤガラ（鎮痛・強壮）、「さるかき」ユリ科サルトリイバラ（解熱・利尿）、「かさくさ」ナデシコ科ヒメケフシグロ（治瘡）、「むこぎ」ウコギ科ウコギ（強壮・強精）、「につつじ」マツカゼソウ科ミヤマシキミ（駆虫）、「いをすぎ」ヤマゴボウ科ヤマゴボウ（利尿・解熱）、「ほとづら」ビャクブ科ビャクブ（鎮咳・駆虫）、「いはくみ」イワヒバ科イワヒバ（イワマツ）（補血・強壮）、「にれ」ニレ科ニレ（材木）、「かへ」イチイ科カヤ（材木、なお果実は駆虫に）、「おけら」キク科オケラ（健胃・解熱）、「つき」ニレ科ケヤキの変種（材木）、「まゆみ」ニシキギ科マユミ（材木・特に弓の材）。

なお、「つき」「まゆみ」には真弓槻弓の想起がからむ。

「弓といへば品なきものを梓弓真弓槻弓品ももとめず品ももとめず」（「神楽歌」弓）

岩波大系本『古謡』の、この神楽歌についての注には、「巫女が魂寄せに梓弓を使ったり（能「葵上」）、悪鬼よけに弓弦を鳴らしたりする（源氏物語「夕顔」）」とある。また、「伊勢物語」第二十四段の歌も想起される。

二六〇頁

らふえる／まい／あめく／ざあび／あるみ　草木の名として挙げてあるが、これらはダンテの『神曲』地獄篇第三十一歌で、鎖につながれた巨人ニムロデが叫ぶ意味不明の言葉「ラフェール・マイー・アメック・ザビー・アルミー」（第三十一歌六七）より。

ここでダンテはニムロデをバベルの塔建設の提案者に擬している。

「こいつがニムロデだ、こいつの意地悪のために
世界に使用される言語が一つではなくなったのだ。
ほうっておけ、こいつには話しかけても無駄だ、
奴の言葉が他人にまったく不可解なように
奴には他人の言葉はいっさい不可解なのだ。」
（第三十一歌、七六〜八一、平川祐弘（ひらかわすけひろ）氏訳による。）

ニムロデとバベルの塔については、旧約聖書「創世記」一〇・六以下、および一一・一〜九参照。「バベル」の名は、元来は「神の門（バーブイル）」で、これが「乱す」の意のバーラルと結びつけられてできた伝説という（岩波文庫『創世記』関根正雄氏訳の「註釈」による）。この語源は、出雲古郡名の一つである神門（かんど）郡や、豪族神門（ごうど）氏、さらに大社神門（しんもん）などを想起させる。また、現在高さ八丈の出雲大社神殿は、往古は十六丈（更に古くは三十二丈という）あり、「底津岩根（そこついはね）に宮柱ふとしり、高天原（たかまがはら）に氷木たかしり」て立ったこの宮が、しばしば倒壊したとの所伝があることも、バベルの塔と関連して思い合わされる。（岩波大系本『紀』上、補注5―六参照）

二六〇―二六一頁

とろめ／／かいな／あてのうら　ダンテ『神曲』の地獄最深部、第九の圏谷（けんこく）

コキュトス（コチト）を構成する同心の四つの円は、第一がカインの国カイーナ、第二はアンテノーラ、第三はトロメーア、第四はジュデッカと呼ばれ、これらは裏切者たちの堕ちるところである。前行「あるみ」との音韻の関係で「とろめ」を先に出し、「かいな」「あてのうら」を組にして後においた。「あてのうら」を、「かいな」＝「腕」との関連で、性急に「足の裏」と誤読される危険をあえてこばまない。《腕》のテーマは、今後しばしば登場することになるのだから。

II

二六一頁

大蛇の睛……ほおずきの幻　「記」上に、

「是に高志の八俣遠呂智なも、年毎に来て喫ふなる。今其れ来ぬ可き時なるが故に泣くと答白言す。其の形は如何にかと問ひたまへば、彼が目は赤加賀智如して、身一つに八頭八尾有り。」

なお、日本本州の形を一匹の爬虫類にみたてれば、出雲地方はその眼の部分に、そして特に中海宍道湖の部分は瞳にあたる。

眼力による呪縛については、東西古今にわたって伝承は多いが、この部分を書くとき、私が想い浮かべたものの一つに、キプリングの『幽霊屋敷』があった。

米子空港　中海と日本海をへだてている細長い弓ケ浜半島にあるこの空港は、自衛隊美保基地の一部であり、このため地方空港としては屈指の設備の良さを誇っている。弓ケ浜半島は「風土記」の時代には、その根元で本土から離れた砂洲であり、「夜見の島」と呼ばれていた。国引きの神話においては、八束水臣大神の用いた綱の一本とされている。現在は半島の先端から、フェリーボートで島根半島東端にある美保関に連絡されている。

異国の男……緑のひげ　「緑のひげ」には岑参の「胡笳歌　送顔真卿使赴隴西」のレミニッサンスが働いていた。ただし、そこでは「君不聞胡笳声最悲／紫髯緑眼胡人吹」であるが。

氷の棒……金属の棒……外交問題　「神代記」国ゆずりの段からの借用。
「……建御名方神、千引石を手末に擎げて来て、誰そ我が国に来て、忍び忍びに如此物言ふ。然らば力競為む。故我先づ其の御手を取らむという。故（建御雷神が）其御手を取らしむれば、即ち立氷と取り成し、亦、劒刃に取り成しつ。……」

これもまた出雲族の天孫族に対する敗退の物語である。米子空港に関してこの挿話が想起されるのは、場所が空港であることのほか、前記の如くフェリーボートで連絡している美保関と言代主神との関連。天から国ゆずりをすすめる使いの神が降った際、言代主は美保関（三穂埼）へ魚釣り（鳥の遊びともいわれる）に行っていたが、しらせをうけていち早く恭順の意を表し、建御名方は争って、屈服させられる。しかし、この言代主も建御名方も、実は出雲本来の神ではなく、「記」「紀」成立の頃に出雲に附会されたのであるともいわれる。

二六一—二六二頁

屋代／安来／舎人／大草／出雲郷　屋代から大草までは「出雲国風土記」意宇郡の部の地名を採用。これらは、いずれも米子・松江間の中海の南側の古い郷名だが、必ずしも米子から松江へのコースに一致はしない。安来は現在は安来市。出雲郷は、松江市東方の一村名だったが（現在は東出雲町出雲郷）、その読み方の奇妙さ故に、強い印象があるので、ここに併せて用いた。

二六二—二六三頁

すでにして／ぼくは……　この一節の文字によって作られたバッテン形は、神社の屋根にある千木をかたどったもの。ちなみに、千木は、上端が縦にそいであるものは男神の社を、水平にそいであるものは女神の社を、それぞれ表わしている。既は素手と音通。

二六二頁

真赤な草の実の幻　「草の実」という以上、やはり、前出の「ほおずき」であるはずだが、ここで私の意識に上っていたのは、むしろ次の一首だった。

「風の夜は暗くおぎろなし降るがごとき赤き棗を幻覚すわれは」

（北原白秋）

かつて愛読した『白南風（しらはえ）』の中でも、この歌の印象はなぜか強烈で、「夜はなつめの実が雨のように降つた」（「火曜日」）、「赤いなつめの実の亡霊がひとしきり降りそそぐとき」（「われらの旅」）等、私の作品の中に何度か影を落している。

天鳥舟（あめのとりふね）　前出の、大国主神の国ゆずりの際、天から降った使者は、「記」によれば建御雷神と天鳥舟神（あめのとりふねのかみ）（「紀」では建御雷神と経津主神（ふつぬしのかみ））であった。鳥のように早い舟の神格化されたものであろう。「紀」では、美保関へ言代主神をむかえに行く舟が天鳥舟（熊野の諸手船（もろた）、亦（また）の名を天鴿船（あまのはと））である。
なお、古代においては、鳥は霊魂を死者の国へ運ぶものと考えられていたことについては、岩波大系本『紀』上、補注2―六、参照。

二六三頁

うつぼ舟　柳田国男「うつぼ舟の話」「うつぼ舟の王女」や、折口信夫（おりくちしのぶ）「石に出で入るもの」参照。この最後のものには、うつぼ舟と「さみなしにあはれ」との関係も説かれている。うつぼ舟的発想は、すでにエジプトのオシリスとイシスの神話にも見られる。

一匹の犬が死人の腕を……　「紀」斉明帝五年の条に、
「是歳（このとし）、出雲国造（いづものくにのみやつこ）〔名を闕（もら）せり〕に命（おほ）せて、神の宮を修厳（つくりよそ）はしむ。狐、於友郡（おうのこほり）の役丁（えよほろ）の執（と）れる葛（かづら）の末を嚙（く）ひ断ちて去（い）ぬ。又、狗（いぬ）、死人（まかれるひと）の手臂（ただむき）を言（いふ）屋社（やのやしろ）に嚙（く）ひ置けり。〔言屋、此（これ）をば伊浮瑘（いふや）といふ。天子の崩（かむあが）りまさむ兆（きざし）なり。」

とある。ここで、「神の宮」は出雲の熊野大社（後出）のこと。「言屋」は、「記」伊邪那岐命のコトドワタシの段に「……謂はゆる黄泉比良坂は、今、出雲の国の伊賦夜坂と謂ふ。」とある、その伊賦夜と同じで、現在、国鉄（現JR）山陰本線の揖屋駅（松江より米子へ向って二つ目）附近とされる。

また、この「犬の銜えた死人の腕」には、エリオットの『荒地』I「死人の埋葬」の最後の部分の想起がからまっている。

「昨年君の畑に君が植えた
あの死骸から芽が出はじめたかい？
今年は花が咲くかな？
それとも苗床が不時の霜にやられたか。
オー、人間の親友だが、犬を其処へよせつけないことだ、また爪で掘りかえしてしまうよ！」　（西脇順三郎氏訳）

意宇の川　松江の東方で中海に入る川で、現在はイウガワまたはアダカイガワと言う。「万葉集」には、この川およびその注ぐ入海を歌った門部王の歌が二首ある。

「飫宇の海の河原の千鳥汝が鳴けば吾が佐保川の念ほゆらくに」　（三・三七一）

「飫宇の海の潮干の潟の片念ひに思ひや行かむ道の長手を」

（四・五三六）

意宇川流域は、もと出雲国造家のあった地として、古代出雲の政治的中心地であり、国分寺や国府もここに置かれた。

血みどろの入り海　前注の如く、「入り海」は中海である。もっとも、「出雲国風土記」では、中海、宍道湖ともに「入海」と呼ばれている。「血みどろの」は夕陽の海だが、同時に、既出のヤマタノヲロチの眼、および次の如き描写の想起がある。（いずれも「神代記」）

「其の腹を見れば、悉に常も血あえ爛れたり。」
「其の蛇を切り散りたまひしかば、肥河血に変りて流れき。」

あえて、『マクベス』二―二の有名なせりふを持ち出すまでもあるまい。

ただ／ひ／た／むきに――　本来の語意のほかに、「腕→ただむき」の連想が働いている。

その犬はや　「……はや」から最初に思い浮かぶのはヤマトタケルの「あづまはや」であるが、「出雲国風土記」秋鹿郡伊農郷の条には、

「天瓺津日女命、国巡り行でましし時、此処に至りまして、詔りたまひしく、『伊農はや』と詔りたまひき。故、伊努といふ。」

とある。この「伊農はや」は岩波大系本『風土記』注によると「伊農の神さまよと男神に呼びかけた詞」という。また加藤義成氏『参究』によれば、「伊農はやの伊農は出雲郡伊努郷のこと。（……）夫神のおられる出雲郡の伊

努郷を望んで懐慕の情を発せられたというのである」と。

二六四頁

何をしに出雲に……　既出、「神代記」大国主神の国ゆずりの段における建御名方神の問いのかすかな反影。

友のあくがれ出た魂をとりとめに……　《魂まぎ》のテーマは、本篇の縦糸の一つだが、このテーマに関してはなおアリオストの『狂えるオルランド』なども参照。

うり二つの友　《相似者》あるいは《分身》のテーマは、古来各国文学に実に多いがここでは特に「記」「紀」の天若日子の葬儀の段、およびウェルギリウス『アエネーイス』（六・一一九〜一二四）、中世説話の『アミとアミレ』、ネルヴァル「カリフ・ハケムの物語」（『東方旅行記』所収）、ポオ『ウイリアム・ウィルソン』等を意識していた。

時間の、闇　ここでは必ずしも直接の関係はないが、フランス語の la nuit des temps は「大古」「有史以前の暗黒時代」の意で用いられる。

鳰鳥　ニオ科カイツブリ。

「鳰鳥の潜く池水こころあらば君に吾が恋ふ情示さね」

（「万葉集」四・七二五）

「……鳰鳥のなづさひ行けば　家島は　雲居に見えぬ　吾が思へる　心和ぐやと　早く来て　見むと思ひて……」

（同右、一五・三六二七）

なお、「鳰鳥の」は「かづく」「かづ」「なづさふ」等のほか、「並び居」にもかかる枕詞。また「鳰の浮巣」は不安定なもののたとえ。ここで「鳰」はまた「匂ふ」との音通により、「ほの白く」へとつらなる。

私が幼時しばしば遊びに行った松江城の堀には、いつもカイツブリがいて、もぐったり浮んだりしていた。今ではその堀もかなり埋立てられ、残った部分には、今度行って見ると白鳥が泳いでいた。

若くして年老いた神…… 以下二行、天若日子伝説よりの借用。

天若日子は、出雲に使いに降りながら八年も復命しない。そこで様子を見に来た雉の鳴女をも、彼は射殺してしまう。矢は天にまでとどき、逆に投げ返されて、天若日子はその矢で死ぬ。天若日子の葬儀に親友の阿遅志貴高日子根神が弔問するが、この二柱の神は姿が実によく似ていたので、遺族から死人が生き返ったとかんちがいされる。阿遅志貴高日子根はそれに腹を立て、「御佩せる十掬劔を抜きて其の喪屋を切り伏せ、足以ちて蹶え離ち遣りき。此は美濃国の藍見河の河上の喪山ぞ。」(神代記)

また、自分の放った矢が天から投げ返されて、自分が死ぬ話は、前出バベルの塔のニムロデに関するヘブライ古伝説にもある。

折口信夫『死者の書』にも、天若日子伝説は挿入されている。

ボードレール「憂欝」の次の詩句も参照。

「僕はあたかも雨ふる国の王にも似ている、

富みながらしかも力なく、年若くしかも既に老いて、」（福永武彦氏訳）

セドリック　国産乗用車の一の商品名だが、また、バーネットの『リトル・ロード・フォントルロイ』の主人公として、前出「うつぼ舟」にまつわる《貴子遊行・貴人流浪》のテーマと、かすかに照応する。

ああ、見よ……　以下、萩原朔太郎の「小出新道」のパロディ。

二六五頁

闇の海の……　以下六行は、前々節のイメージの復帰だが、ここでは芭蕉の句のあいまいなレミニッサンスによって再構成されている。すなわち、

「海くれて　鴨の声　ほのかに白し」
「此秋は　何で年よる　雲に鳥」
「秋さびし　手毎にむけや　瓜茄子」

若くして、年老いて、――とり落されて、――見失われて、↓手毎にむけや。「うり」はまた「うり二つ」の「うり」でもある。この部分、「文藝」に発表の時は、芭蕉の句を「手毎」と覚えていたので、「年老いた――落された――見失われた」となっていたが、「手毎」が普通らしいので、こう改めた。しかしなお「……た」にも未練なしとしない。

なお八重垣神社（後出）には芭蕉の句碑があり、その句は、

「和歌の跡　とふや出雲の　八重霞」

第四のどぶ川　国道をはずれて、堀の多い松江市内を北の端まで行く際には、

大ざっぱに言っても、天神川、大橋川、京橋川、北堀川などの川や堀を越えねばならない。しかし、ここでは必ずしもこれらの川や堀を指すわけではない。次注参照。

Ⅲ

二六六頁
許知渡（こちと）と呼ばれた第四のどぶ川　『アエネーイス』や『神曲』などによれば、地獄には四つの河または積水（せきすい）がある。アケローン（アケロンテ）、ステュクス（スティージェ）〔憎悪の河〕、ピュリプレゲトン（フレジェトーン）〔火の河〕、コキュトス（コチト）〔嘆きの河〕。実はこれらは、アケローンを源流とする一つの河で、地獄の諸段階に応じた四つの相を示している。コキュトスは最深部にある氷結した積水である。アケローンは神格としては「ガイアの子とされ、神々と巨人との戦で敗れた巨人たちに自分の河の水を飲ませた罪で地下に追われた」（高津春繁氏『ギリシア・ローマ神話辞典』）。なお、「記」「紀」の出雲神話の主要舞台となるヒノカワ（肥河・簸川・斐伊川）については、岩波大系本『紀』上、補注1—九四に説明がある。
生まれた町　北堀町前丁。
大勢の青ざめた顔がのぞき　『神曲』地獄篇第三十二歌七〇—七二「次に私は寒気のために犬みたいに紫色になった千の顔を見た」（野上素一（のがみそいち）氏訳）や、

『オデュッセイア』十一巻四〇行前後「……死者たちの魂は闇の中から集って来た。花嫁や未婚の若者たちや、はじめてあった悲しみを胸に抱いた幼い乙女たち、また青銅の穂の槍(やり)で傷つき、血まみれの鎧(よろい)を身につけた戦死者の群れ。／これらの群れなす死者たちは恐しい叫び声をあげつつ、四方八方から穴のまわりにひしめき、わたしは蒼い恐怖にとらわれた」(高津春繁氏訳)などの想起がからみ、更に、朔太郎の「地面の底の病気の顔」(『月に吠える』)の第一節、

「地面の底に顔があらはれ
　さみしい病人の顔があらはれ」

の印象もこれに加わった。

すみれ色の／いたち　「薄墨色のいたち」が音韻と刻限との連想で、エリオットの「すみれ色の時刻」(『荒地』Ⅲ・二七〇)と重なる。

谷の奥に、道のきわまるところ　松江市奥谷町北端の万寿寺や春日社(田原神社)の想起。

白々と冴える石段　芭蕉の句「石山の石より白し……」のかすかな反照。

石の柱を大きく右まわりにまわつて　「神代記」国産みの段参照。

二六七頁

青水無月(あおみなづき)　水無月は、いうまでもなく陰暦六月の古称。神無月(かんなづき)(十月)のことを出雲では「神在月(かみありづき)」という。もっとも、神無月は、神々が出雲に集るか

らそう言われるのではなく、雷のない月というところから来ているともいわれる。ここでは、あからさまに神無月を持ち出すのを避け、無の字を共有する水無月を用いた。

《神の不在》《水の不在》は、『荒地』のテーマとも関連する。

ときじくの／柘榴の実　「ときじくの」には、多遅麻毛理が常世国から持ち帰ったという「ときじくの香具の木の実」のレミニッサンスがある。（岩波大系本『記』補注四七、四九参照）

「柘榴」については、ギリシアのペルセポネー神話との関連。後出、VIの「オイシソウナノデ……」の注参照。

親たちの骨／因果骨　いずれも石塊や石棒のイメージ。新村出氏『辞苑』（昭和十年版）によれば、「いんがぼね（因果骨）（名）勃起した陰茎」とある。なお、この項目は、上記辞書の戦後改訂増補版である『広辞苑』では削除されている。

踏みしだく／くらら／つちたら／まい／あめく　「ふみ」および「くらら」以下の四語については、Iの注参照。ここで、この二つずつが選ばれたのは、主として音韻上の理由。

二六八頁

非難のつぶやき　踏みしだいたり、蹴ちらしたりする行為に対する《非難》の声については『神曲』地獄篇第三十二歌二〇行前後および八〇行前後を参照。

蟬のように　「蟬のぬけがら」「空蟬」等からの連想。

Ⅳ

壺の中で煮えたぎる湯。空しい誓い　盟神探湯の連想として、《腕》のテーマにつながる。旧情をあたためるということのつらさ。コチト（コキュトス）は前記の如く裏切者の堕されるところである。

去年までの島が……　国引きの神話より。なお、既出のごとく夜見島は、日野川（斐伊川と水源をほぼ同じくする伯耆側の川）の押し流す土砂で、遠い昔に本土と地続きの弓が浜となっており、最近は、中海南岸の埋め立ても進み、また宍道湖北岸の埋め立て地には観光客めあての「旅館団地」?!ができた。

二六九頁

夢といへば……　既出「神楽歌」弓の、「弓といへば　品なきものを……」のもじり。Ⅰの「やまかがみ……」の注の末尾参照。岩波大系本『古謡』の同所注によれば、「品なきものを」は「どれでも差別はないことだ」。なおまた、往古の「夜見」の島が、今は「弓」が浜になっていることも思い合される。

深山には　霰降るらし　「神楽歌」庭燎の、

「深山には　霰降るらし　外山なる　真折の葛　色づきにけり　色づきにけり」より。時ならぬ《寒さ》は、コチトとの関連。

翻り戸や　檜張戸／檜張戸や　翻り戸　「神楽歌」早歌より。読みは岩波大系本『古謡』「神楽歌」69にしたがった。

おけ　「神楽歌」「催馬楽」等、古代の唱え言葉の末尾（または段落）に、しばしば置かれる語。感動詞か？　あるいはまた、後出の「おゑ」とも通ずる語か？

木綿かけた榊　榊の枝や木に、麻や楮からとった白い繊維の布を垂れかけたもの。いわゆる「ひもろぎ（神籬）」で、神霊の寄り宿る所とされる。

二七〇頁

神魂、八重垣、／佐陀　いずれも、松江近郊の古い神社である。

　神魂神社は松江市大庭町所在。古代の国造館のすぐ後の山にあり、現在する大社造りの社殿としては日本最古のものといわれている。祭神は伊弉冊大神で、伊弉諾大神を合祀する。同社の由緒略記によれば、「当社は大庭大宮とも云ひ、出雲国造の大祖天穂日命が、此地に天降られて御創建、……出雲神宮、出雲国の総産土大神、として天穂日命の子孫（大社町、北島、千家両国造）は……二十五代果安国造まで……祭主として奉仕、……出雲大社の創建なるや杵築（大社）へ移主（千二百年前）したるも、国造就任の印綬とも云ふべき神代ながらの神火相続式並新嘗祭を執行の為め、現在も参向されている。従って大国主命の国譲も、出雲朝廷のもと国造として祭政を執ったのも皆当社が中心で古代の神都であったと云へる、云々。」この由緒略記は、歴史学的にはいくつかの問題があるが、これが出雲国造家にとって、重要な社であり、「火継」の神事が、現在までここで行なわれて来たことは事実であって、出雲の多くの神社の中でも特別の地位にあることは疑えない。出雲国造家が、この代々の故地を後に杵築へ移った（八世紀はじめ）ことの理由に関しての考察は、鳥越憲三郎氏『出雲神話の成立』参照。

八重垣神社は、松江市佐草町所在、須佐之男命と稲田姫命を祭神とする。由来書によれば、大蛇退治の際、須佐之男命は稲田姫をこの社の地に隠し、大蛇を退治してのち、ここへ来て八重垣をめぐらした宮を作って共に住んだという（実際には、この社に対する信仰はやや後代のもので、平安中葉以後、しだいに重視されるようになった由）。現在も、縁結びの神として、多くの参拝者がある。

佐陀神社（明治四年に佐太神社と改められた）は八束郡鹿島町（現松江市）所在。熊野大神、野城大神とともに古代から出雲で尊崇されて来た佐太大神を主祭神とする。佐太大神は、熊野大神や野城大神と同様、「記」「紀」には取り上げられていないが、「出雲国風土記」には、その出生についての重要な説明がある（後出）。

こう、こう、こう、と呼ばわつて　折口信夫『死者の書』第二章より。

ひと夜寝にけり　「万葉集」八・一四二四、山部赤人の歌、
「春の野に菫採みにと来し吾ぞ野をなつかしみ一夜宿にける」
より。

寝所のまわりで、よつぴて……　折口信夫『死者の書』第十三章より。

呻く声、ささやく声……はつきりした言葉となる　ポリネシアの開闢神話に
よると、
「最初にポーと呼ぶ虚無あるいは混沌があって、光も熱も音もなく、形相も運動もなかった。暗黒の内部でかすかな動揺がだんだんと始まり、うめき声とささやきの声がおこり、そこで始めて、曙のようにかすかではあるが光明が現れ……」　（大林太良氏『日本神話の起源』）
また、旧約「創世記」の冒頭や新約「ヨハネ伝」の冒頭も想起される。ビュトールの次の如き文も参照。
「……してみれば、作家とは、自分をとりまくものの中に一つの構造が漠然と素描されつつあるのを感じとり、その構造を追跡し、それを成長させ、それを完成させ、それが万人の眼に読みとれるようになる瞬間まで、それを探究するもののことである。自分をとりまく事物がつぶやき始めるのを感じとり、このつぶやきを言葉へと導びこうとするもののことである。」
（「詩と小説」15ポエジー・ロマネスク）

唖の子　「出雲国風土記」仁多郡三沢郷の説明に次の如くある。
「大神大穴持命の御子、阿遅須枳高日子命、御須髪八握に生ふるまで、夜昼哭きまして、み辞通はざりき。その時、御祖の命、御子を船に乗せて、八十嶋を率て巡りてうらがし給へども、猶哭き止みまさざりき。大神、夢に願ぎ給ひしく、『御子の哭く由を告らせ』と夢に願ぎませば、その夜、御子み辞通ふと夢見ましき。則ち、寤めて問ひ給へば、その時『御沢』と申したまひき。(……)今も産める婦は、彼の村の稲を食はず、若し食ふ者あらば生るる子已に云はざるなり。」
このアヂスキタカヒコが、既出の天若日子と瓜二つのアヂシキタカヒコネと同一神かどうかは、なお不明の由だが、ここでは同一と考えておきたい。「記」では、垂仁天皇の皇子、本牟智和気(稲城で焼死したサホヒメの子)について、同種の説話を伝えており、唖の皇子は空ゆく鵠を見て、はじめて口を動かしはじめ、父帝が出雲大神をまつることにより、よく物がいえるようになる。「紀」では、この皇子の名を誉津別とし、鵠を見て物を言えるようになるとしている。更に、「尾張国風土記・逸文」では、この皇子、品津別は、出雲の阿麻乃弥加都比女の祟りで物が言えず、この神をまつって口がきけるようになったとある。このアマノミカツヒメは「出雲国風土記」によれば、既出「伊農はや」の女神であり、アヂスキタカヒコの妻とされている。
ここは暗いなあ　以下、「出雲国風土記」嶋根郡加賀郷の条に、

「佐太の大神の生れまししところなり。御祖、神魂命の御子、支佐加比売命、『闇き岩屋なるかも』と詔りたまひて、金弓もちて射給ふ時に、光加加明きき。故、加加といふ。」

とあり、また、加賀の神埼の条と、その付文には、

「加賀の神埼　即ち窟あり。高さ一十丈ばかり、周り五百二歩ばかりなり。東と西と北とに通ふ。〔謂はゆる佐太の大神の産れまししところなり。産れまさむとする時に、弓箭亡せましき。その時、御祖神魂命の御子、枳佐加比売命、願ぎたまひつらく、『吾が御子、麻須羅神の御子にまさば、亡せし弓箭出で来』と願ぎましつ。その時、角の弓箭水の随に流れ出でけり。その時、弓を取らして、詔りたまひつらく、『此の弓は吾が弓箭にあらず』と詔りたまひて、擲げ廃て給ひつ。又、金の弓箭流れ出で来けり。即ち、待ち取らしまして、『闇欝き窟なるかも』と詔りたまひて、射通しましき。即ち、御祖支佐加比売命の社、此処に坐す。今の人、是の窟の辺を行く時は、必ず声磅礚かして行く。若し、密かに行かば、神現れて、飄風起り、行く船は必ず覆へる。〕」

とある。この岩窟は、現在の加賀の潜戸であり、今も往古のおもかげを残している。

なお、明治三十五年一月に「明星」に発表された蒲原有明の詩篇「佐太大神」（のちに『独絃哀歌』に収録）は、「風土記」のこの条に想を得て書か

れた作品である。

二七一頁

屋の棟で鶏ろが……　「かけろ」は本来はニワトリの鳴き声であり、この声から「かけ」の名も来ている。ここでは、この「かけ」の語尾に、東歌の「子ろ」（子ら）の「ろ」を、わざと付けて音調をととのえた。「屋の棟」には、《魂まぎ》からの連想で、「魂魄屋の棟にとどまりて」という慣用句がからんでいる。また、天岩戸の鳥居の連想や、「風見の鶏」のイメージもかかわっている。

人の顔した仔牛　典拠をつまびらかにしないが、牛が牛身人面のクダン（件？）なるものを産む。生後ほどなく死ぬが、死ぬ前に人語を発し、その予言に誤つところがない、といわれる。これはあるいは「よって件の如し」などの言葉から、逆に作られた話かもしれない。しかし、私は幼いころ、松江近在のそこここで、それが生れたという話を数回聞いたし、新聞で読んだ記憶さえある。同郷の友人に確めたが、やはり、何度も、その噂は聞いたことがある由。人と牛のあいのこはまた、ギリシア神話のミノタウロスを連想させる。

V

昨日の犬が……何の前兆？　既出、IIの「一匹の犬が……」の注に引用した

「斉明紀」五年の条より。

予定どおり　前章参照。なお、松江の奥谷から出て、これら三つの社をこの順序におとずれるためには、松江の市街を二度通過することになる。

二七二頁

鏡の沈んでいる池　八重垣神社奥の院の森（佐久佐女の森）の中にある「鏡の池」の想起。この池水の面に、半紙をうかべ、その中央に銅貨を置く。紙に水が浸みて、早く沈めば沈むほど、良縁が早くあるとの俗信があり、この占いをする人が多いので、池底の泥中には、無数の銅貨が沈んでいる。小泉八雲は『知られざる日本の面影』の中で、この森を「神秘の森」と呼んでいる。

この鏡の池に鏡が沈んでいるという伝説はなく、稲田姫の水鏡の池とされているが、ここでは沈む銅貨と池の名とを、一緒にして、「鏡の沈んでいる池」とした。しかし《水中の鏡》のテーマについては、「崇神紀」六十年、イヅモノフルネのイヒイリネ殺害の記述のあとに丹波の氷上の小児が自然に発した言葉として次の如きものが録されている。

「玉萎鎮石。出雲人の祭る、真種の甘美鏡。押羽振る、甘美御神、底宝御宝主。山河の水泳る御魂。静挂かる甘美御神、底宝御宝主。」

岩波大系本『紀』上の注によれば、この意味は「玉のような水草の中に沈んでいる石。出雲の人の祈り祭る、本物の見事な鏡。力強く活力を振う立派な御神の鏡、水底の宝、宝の主。山河の水の洗う御魂。沈んで掛かっている立派な御神の鏡、水底の宝、宝の主。」

ガラス鐘の中の白へび　以下は、佐太神社の祭礼および松江旧市内についての一連の印象の想起。佐太神社の大祭のとき、海から神の使いの白蛇が上る。これが、祭りの期間、神殿に安置される。その容器が、ガラス鐘であったか、どうか、については記憶は必ずしもさだかでない。

ギリシア風記念館　松江市北堀町塩見縄手にある「へるん旧居」に隣接して建てられている小泉八雲記念館。さまざまな遺愛品の展示の中に、非常に多数のきせるがある。

社殿のうしろで……女雛男雛(めびなおびな)　松江の子守稲荷や春日神社等における実見の想起。実際は社殿のうしろというより縁の下。

椿並木……首くくりたち　松江城の裏手の石垣と堀との間の道を椿壇といい、椿その他の古木が、道の上にまで大きな枝を伸ばして、陰々とした感じである。かつて、ここでしばしば首吊り自殺があり、首吊りの名所とさえ言われた。

まがりくねつた仮橋　小泉八雲によって、早朝の下駄の音を讃えられた松江大橋が、現在の鉄筋コンクリートの橋に架けかえられた時（昭和十年頃?）、その西側に、人の通行のための仮橋がかけられた。水深の関係であったのだろうか、登ったり、下ったり、また右左に曲った、狭い奇妙な木橋であった。

七度の大火　松江は、明治以後だけでも、しばしば大火に見舞われている。天神町の大火、東本町の大火、中原の大火、朝日町寺町の大火、等々。

さくら餅　城山公園の花見の想起。

ぼてぼて茶　松江地方で喫する茶の一種。干した茶の花を茶碗に入れ、それに塩、こんぶ、煮豆、つくだになどを、好みに応じて加え、湯をそそいで点てたもの。

麻の葉のすかし彫り・香合・花入れ　江戸時代、松平不昧公の頃の松江に住んでいた名指物師、小林如泥（安左衛門）の作品の想起。如泥については、石川淳「小林如泥」（『諸国畸人伝』所収）にくわしい。

ホーランエンヤ　松江水郷祭における舟行列の掛声。独特の櫂行列（各町内にある、直径一米半以上もあるかと思われる大太鼓の行列）の記憶もからむ。

塗り盆・姉さま人形　民芸的物産から。松江地方の漆器は八雲塗と称し、美しく、耐久性にも優れている。姉さま人形などは、現在も存続しているか、どうか？

春慶塗りの引出し付き階段　箱段と称して、古い町家にはつきものである。

二七三頁

松江の街なんざ……水の下　現在の松江の中心部は、かつては、宍道湖と中海をむすぶ大橋川を含む葦しげる沼沢地であったといわれる。ここに町が栄えるようになったのは、慶長十六年、堀尾吉晴（茂助）が松江亀田山に築城して、富田（尼子氏以来の出雲の首都、ここにも出雲の敗北の物語がある）から移住した時にはじまる。出雲は尼子氏から毛利の手に、そして関ケ原の戦いによって、毛利から堀尾へ、と移り、堀尾の建てた松江の城はその後、京極氏を経て、松平直政のものとなり、以後、松平家が維新まで領した。松江築城当時の民謡に「思ひがけない松江ができて、富田は野となる山となる」とあるという。

VI

南と北の／三つの館 神魂、八重垣の両社は、松江の東南方、佐太神社は西北方にある。いずれも大社造り（天地根元造）で、古代住居からできた建築様式。

二七四頁

時間はずれの昼食以下は、「レストランで昼食をとりながら耳にした会話」。いわゆる「ポエム・ド・コンヴェルサシオン」。

出雲弁で書きたいところだが、意味が通じにくくなるので、かえってできるだけ無性格な共通語にした。

ココハ小サイデスケレドモ…… 「出雲国風土記」飯石郡須佐郷の条。「神須佐能袁命、詔りたまひしく、『此の国は小さき国なれども、国処なり』。」

および、「神代記」大蛇退治の段末尾。

「吾此地に来て、我が御心須賀須賀斯。」

テーブルヲミナ、クッツケ……　前出「出雲国風土記」国引きの詞章からの発想。

私ニハ黒ヤ青ハ似合イマセンカラ赤ニシマシタ　「神代記」大国主神と須勢理毘売のやりとりの段における大国主神の歌。

「ぬばたまの　黒き御衣を　まつぶさに　取り装い　沖つ鳥　胸見る時　はたたぎも　これは適はず　辺つ波　そに脱き棄て　鴗鳥の　青き御衣を　まつぶさに　取り装い　沖つ鳥　胸見る時　はたたぎも　此も適はず　辺つ波　そに脱き棄て　山県に　蒔きし　あたね舂き　染木が汁に　染め衣を　まつぶさに　取り装い　沖つ鳥　胸見る時　はたたぎも　此し宜し。」

この歌で「似合う衣」の色としては「緋色」説と「藍色」説とがある。

手ガコオッタリ、ツブレタリ……　Ⅱの「氷の棒……金属の棒」の注参照。

なおここでの引用のあとに「記」では、

「故爾に懼りて退き居りき。爾に其の建御名方神の手を取らむと乞ひ帰して取りたまへば若葦を取るが如、つかみひしぎて投げ離ちたまへば、即ち逃げ去にき。」

と続いている。

ソノ魚ハマズ鰓(エラ)ノトコロデ……　国引きの詞章の「大魚(おふを)のきだ衝(つ)き別(わ)けて」より。

切リロガタテノ……　IIの「すでにして／ぼくは……」の注に既出。

モウ八年間モ……　「神代記」天若日子(あめのわかひこ)の段。
「是(ここ)に天若日子、其(そ)の国に降り到る即ち、大国主の女、下照比売(したてるひめ)を娶(め)し、亦(またそ)其の国を獲むとおもひはかりて、八年(やとせ)に至るまで復奏(かへりごとまを)さざりき。」

羽根ヲネズミニ……　「神代記」大国主神の根国訪問の段。
「……其(そ)の矢の羽は、其の鼠(ねずみ)の子等(こども)皆喫(く)ひつ。」

二七五頁

コノオ酒ハ……　「記」中、および「紀」神功(じんぐう)摂政十三年、神功皇后の酒ほがいの歌。
「この御酒(みき)は　我が御酒ならず　酒(くし)の司(かみ)　常世(とこよ)に坐(いま)す　石立(いはた)たす　少名御神(すくなみかみ)の……」
「神楽歌」などにも類例の多い「この……は、わが……ならず」は、物品聖化、聖別の形式と考えられている。

ナイフヲ取リカエテ……　既出、ヤマトタケルのイヅモタケルに対する、あるいはイヅモノフルネのイヒイリネに対する、騙(だま)し討(うち)。
『ハムレット』最終部（これは毒剣による騙し討だが）でも、剣が入れかわる。

私ドモハ、オ名前ヲ……　「神代記」須佐之男命の大蛇退治の段。「爾に速須佐之男命、其の老夫に詔りたまひしく、『是の汝が女をば吾に奉らむや。』と詔りたまひしに、『恐けれども御名を覚らず。』とまをしき。」

塩トーショニ丸ゴト嚙ンデ……　「神代記」上、大国主神の根国訪問の段。「故爾に其の頭を見れば、呉公多なりき。是に其の妻（スセリヒメ）、牟久の木の実と赤土とを取りて、其の夫（オホクニヌシ）に授けつ。故、其の木の実を咋ひ破り、赤土を含みて唾き出したまへば……」のもじり。なお、ここでの、オホクニヌシに対するスセリヒメの役割は、テーセウスに対するアリアドネー、イアソーンに対するメデイアの役割と共通点がある。

珍ラシイ鳥デスガ……　「神代紀」第九段、天稚彦に対する天探女の言葉。「奇しき鳥来て杜の杪に居り。」

同書、同段の一書第一では、

「鳴声悪しき鳥、此の樹の上に在り。射しつべし。」

「神代記」では、天若日子に天佐具売が、

「此の鳥は、其の鳴く音甚悪し。故、射殺すべし。」

最後の引用の「悪し」についての岩波大系本『記』注には、「凶。不祥。不吉。鳥占である」とされている。岩波大系本『紀』上、補注2—四、五、六も参照。

《気味の悪い鳥》《鳥による予言》のテーマは、『アエネーイス』第三巻における女面鳥身のハルピュイアイの役割を想起させ、更に、前注で想起したイヤソーンの遠征中の一挿話ともつながる。《鳥》のテーマは、このあとⅧおよびⅨ後半で強調される。

ヤケドニ赤貝ノ……　「神代記」八十神の大国主迫害の段。焼け死んだ大国主に、

「……𧏛貝比売、岐佐宜集めて、蛤貝比売、待ち承けて、母の乳汁を塗りしかば、麗しき壮夫に成りて、出で遊行びき。」

前出のごとく、キサカヒヒメは「出雲国風土記」では、佐太大神の母神とされている。

風ガナイノニ……　「出雲国風土記」大原郡阿用の郷の条に、

「昔、或人、此処に山田を佃りて守りき。その時、目一つの鬼来りて、佃る人の男を食ひき。その時、男の父母、竹原の中に隠れて居りし時に、竹の葉動げり。その時、食はるる男、『動動』といひき。故、阿欲といふ。」

とある。なお、《一眼の鬼》は、鍛冶、金工の神である。天目一個神のことや、ギリシア神話のキュクローペスおよびその一人であるポリュペームスを連想させ、更には、オウィディウスに物語られた「アキスとガラテアの悲恋」や、日本にも定期的人身供犠の風があったとの結論を導く、柳田国男「一目小僧」を想起させる。

石ヤ木ニマデ……　「出雲国風土記」飯石郡須佐の郷の条にある須佐之男命の言葉（既出）の後半。

「『……小さき国なれども、国処なり。故、我が御名は石木には著けじ』と詔りたまひて、即ち、己が命の御魂を鎮め置き給ひき。」


オクサンガ千円デスカラ……　「神代記」コトドワタシの段。

「『……汝の国の人草、一日に千頭絞り殺さむ。』『……汝然為ば、吾一日に千五百の産屋立てむ。』」


オイシソウナノデ……　「神代記」イザナギノカミの根国訪問の段、および「神代紀」第五段一書第六。

「悔しきかも、速く来ずて。吾は黄泉戸喫為つ。……」（「記」）

「吾夫君の尊、何ぞ晩く来しつる。吾已に飡泉之竈せり。……」（「紀」）

このヨモツヘグヒは、周知の如く、ペルセポネーが冥府で食べた柘榴と同質のもの。

二七六頁

熊野　松江市の東南方、八束郡八雲村（現松江市）、意宇川上流の熊野神社。出雲大社と並んで、出雲二大社の一。祭神はクシミケヌシノミコト（櫛御気野命・奇御食主命）で、「記」「紀」では重視されていないが、「出雲族にとって、もっとも古く、また最高の神であった。」（鳥越憲三郎氏『出雲神話の成立』）

古くから、この祭神は須佐之男命と同一視されているが、これまた「記」「紀」成立後の「中央化」の一例であって、本来はまったく別な神格と考えるべきであるという。

五本の樫（かし）　「厳（いつか）しの熊野の宮」のもじり。

水干（すいかん）　狩衣（かりぎぬ）の一種だが、ここではむしろ、文字面によって「野干」から連想された。Ⅱの「一匹の犬が死人の腕を……」の注で引用した「斉明紀」五年の条の狐をうけているわけである。

いぼたの蠟（ろう）　イボタの木につくイボタロウムシの白粉状の分泌物から作る蠟状物。器具に光沢をつけるのに用いる。なお、これはウェルギリウスへの敬意。

くちびるの片端だけが、ぽつちりと赤い　テオフィル・ゴーチエ『死霊の恋』より。

猪狩（イノシシガ）リニ行キマセンカ……　八十神による大国主迫害の物語や、後出の宍道の石宮社の猪石などとの関連。また、ヤマトタケルの死因の想起は、次々項のメレアグロスの猪狩りへもつながっていく。

ボクハ親友デスケレドモ……　すでにたびたび触れたアヂシキタカヒコネの言葉の想起。「神代記」によれば、天若日子の遺族から、天若日子その人の復活とまちがえられたこの神は大いに怒って、

「我は愛（うるは）しき友なればこそ弔ひ来つれ。何（なに）とかも吾（あ）を穢（きたな）き死人（しにびと）に比ぶる。」

と言う。《瓜二つの友》のテーマ。なお、岩波大系本『紀』上、補注2―四、八参照。

後悔シタクナイナラ……　猪(いのしし)との関連で、メレアグロスの死からこの行は出てきた。

猪狩りの獲物のことから、メレアグロスは伯父たちを殺す。メレアグロスの母は、自分の兄弟の死の報せに、息子への愛を忘れて、彼の運命を左右する薪を火中に投ずる。その薪のもえつきると共にメレアグロスは急に死んでしまう。母は激しく後悔して首を吊って死に、彼の姉妹たちは悲しみのあまり、ホロホロドリに変身する。(オウィディウス『転身物語』巻八)

二七七頁

群立(むらだ)つ雲……／七巻きまいた葛(かずら)　Iの最初の注で引用した「出雲建の大刀」の歌より。このパートは、Iの冒頭の九行のヴァリエーションである。

Ⅶ

海はいくぶん……以下　この章は島根半島北岸(野波・加賀海岸)や宍道湖南岸、北岸の印象の混合。

荒れていて／無数の髪の毛を……　小泉八雲は、佐太大神の生れたところとされる加賀の潜戸(くけど)について、「髪の毛三本動かす風があっても、加賀へは行くな」という土地のいましめを伝えている(『知られざる日本の面影』「子供の霊の洞窟」）

一方、ここには、宮沢賢治の童話「北守将軍と三人兄弟の医者」の、遠征軍士の歌、

「……砂がこごえて飛んできて
枯れたよもぎをひっこぬく。
抜けたよもぎは次々と
都の方へ飛んで行く。」

のレミニッサンスが、よもぎ→蓬髪→髪毛というふうにかかわっていた。

だまされて　雲を抱いた男　前章最終の五行のなごりであると共に、ギリシア神話のイクシーオーンの想起。

「……彼は（妻の父の）デーイオネウスを炭火を満たした穴に落して殺した。かくて彼は最初の親族殺しとなった。……（この罪をゼウスが潔めてくれたのに）彼は恩を忘れて、ヘーラーを犯さんとした。ゼウスは雲でもってヘーラーの似姿を造り、イクシーオーンはこれと交ってケンタウロスの族が生れた。ゼウスは怒ってつねに回転している火焔車に彼を縛りつけ、かくて彼は絶えず空中を引き回されている……。彼の車輪は地獄のタルタロスにあるとされている。」（高津春繁氏『ギリシア・ローマ神話辞典』）

人と馬とのあいのこ……車輪　前注参照。

月　月と大地母神との関連。また、月が霊魂の住む所だとの思想については、

ネルヴァル『オーレリア』他より。

あわびのから　あわび（鮑魚）は島根半島北海岸の物産として「出雲国風土記」にしきりに出て来る。「吾佗び」との音通や、「磯のあわびの片思い」の俚言ともいくらかな関連。なお、「あわびのから」は、山陰では、その光をイタチがきらうとして、鶏小舎の入口に吊るしたりする。

二七八頁

あおさぎ　芭蕉の「青鷺の目をぬひ、鸚鵡の口を戸ざさんことあたはず」（「続の原句合冬の部跋文」）より。

どこに　どこに　どこに……　宮沢賢治の童話「よく利く薬とえらい薬」でヨシキリが空から叫ぶ、「まだですか、まだですか、まだまだまだまだまあだ。」のレミニッサンスらしい。

七本ののぼり　本数の「七」は、前章末の「七巻きまいた葛」の余韻。

大きな蟹が空へ……　野尻抱影氏『新星座巡礼』によれば、蟹座星団は、神話ではヘーラクレースがヒュドラー（九頭の怪水蛇）を退治したとき、ヘーラーの指図によりヒュドラーに加勢して、ヘーラクレースの足をはさんだ化け蟹カルキノス。ヘーラクレースにより踏みつぶされた。中国ではこの星座は鬼宿で、星団は「積尸気」という気持わるい名で呼ばれたという。（「記」には応神天皇の有名な「この蟹や何処の蟹……」の歌があるが、ここでは直接には関係がない。）

犬が石になり……猪も石になり　「出雲国風土記」意宇郡、宍道の郷の条に、「天の下造らしし大神の命の追ひ給ひし猪の像、南の山に二つあり。一つは長さ二丈七尺、高さ一丈、周り五丈七尺なり。一つは長さ二丈五尺、高さ八尺、周り四丈一尺なり。猪を追ひし犬の像は長さ一丈、高さ四尺、周り一丈九尺なり。其の形、石と為りて猪・犬に異なることなし。今に至るまで猶あり。故、宍道といふ。」

この石は、宍道町白石の石宮神社に現存。

その石が赤く焼け……／人を殺す　すでに見た、八十神による大国主神迫害の物語より。

運河　佐太神社の前を流れる佐太川を、松平不昧公の治世に三年がかりで開鑿して、日本海と宍道湖を結ぶ運河とした。その運河の想起。島根半島はしたがってこの運河によって東西に切れているわけである。

第七神路丸　松江から、大橋川・中海を経て境港や美保関へ、また宍道湖・佐太川を経て日本海岸の恵曇へ、と通う「合同汽船」に所属していた船には、「第一かみじ丸」「第二かみじ丸」といった名がついたものがあったように記憶するが、さだかでない。「七」については、前出の「七本ののぼり」と同断。

二七九頁

底のぬけた柄杓を持つたやせこけた女　西日本の水辺の妖女とされる「磯

女」「濡れ女」「ウグメ」「ウブメ」等の連想。なお、これらから更に「アチメ」「阿知女作法」への連関について、折口信夫「文学と饗宴と」や三品彰英氏「帰化人の神話」（角川版『日本文学の歴史』Ⅰ）を参照。

神様はもう上つてしまつた 海から寄り来る神として、出雲神話では、スクナヒコナノカミやミモロノカミなどがあるが、ここにはまた、佐太神社の神蛇（Ⅴの「ガラス鐘の中の白へび」の注参照）の想起がある。

よする白波…… 「万葉集」の歌の想起。

「左太の浦に寄する白波間なく思ふになんぞ（いかに）妹に逢ひ難き」
（十二・三〇二九）

Ⅷ

二八〇頁

ヌエドリ……キジ……ニワトリ 「神代記」に有名なヤチホコノカミ（大国主神）の沼河比売求婚の歌より。

「……嬢子の　寝すや板戸を　押そぶらひ　我が立たせれば　引こづらひ　我が立たせれば　青山に　鵼は鳴きぬ　さ野つ鳥　雉はとよむ　庭つ鳥　鶏は鳴く　心痛くも　鳴くなる鳥か　この鳥も　打ち止めこせね……」

この歌については、なお、安西均氏「古式の笑劇」（『私の日本詩史ノート

1』）参照。

IX

二八一頁

二つの川の落ち合うところで以下　『オデュッセイア』第十一巻「招魂」、およびそれに先立つ第十巻の末尾、の次のような箇所より（高津春繁氏の訳による）。

「……船でオーケアノスの流れを渡ると、そこには狭い岸とペルセポネイアの森があり、高い白楊と実を落す柳が生えている。船はそこに深くうずまく流れのそばに引き上げ、自分はハーデースのかびくさい館に行くがよい。ピュリプレゲトーンとステュクス川の支流のコーキュトスがアケローンへ流れ入るところ、そこに岩があってとどろきわたる二つの川の合うところです。」　（十・五一〇前後）

「……わたしは鋭い剣を腰から引き抜き、一キュービット四方の穴を掘り、その穴のそばで、もろもろの死者に灌奠（かんてん）の捧げ物、まず乳と蜜と、ついで酒と、三番目に水とを混ぜて注ぎ、その上にまっ白な大麦の粉を播（ま）いた。……」　（十一・二三以後）

「祈りと願いで死者の族（やから）に祈願してから、羊をとらえて、穴の上でその喉を切ると、黒血は流れ、死者たちの魂は闇の中から集って来た。……」

（十一・三四以後）

「と、なくなった母親、大いなる心のアウトリュコスの姫アンティクレイアの魂がやって来た。……」

（十一・八五以後）

『オデュッセイア』にはない「八つの桶(おけ)」は、「記」「紀」ヤマタノヲロチ退治の、「八塩折(やしおり)の酒」を入れた「八つの酒船」の想起。

二八二頁

気の狂つた母　《狂った母》は謡曲「隅田川(すみだがわ)」の狂女を想起させるが、そこでは、母が、死んだ子の亡霊に会うのであり、ここことは逆。

お母さん　ぼくが父さんの鼻から……　「神代記」イザナギノカミの黄泉(よみ)からの帰還後の、禊祓(みそぎはらえ)と神々の化生、三貴子の分治、スサノヲノミコトの涕泣(ていきゅう)、等の段より。したがって、ここでは、ぼく↓スサノヲ、母↓イザナミ、父↓イザナギ、姉↓アマテラス。

二八二－二八三頁

ただ　おう　おう　とだけ……　以下数行、十二歳で母を亡くした時の印象の混入。

二八三頁

姉さんなら……　母の一年余の入院中、主として姉がつきそって看病した。だが、ここではむしろ、元にもどってアマテラスのイメージ。

櫛(くし)が二つに折れた　「神代記」イザナギノミコトの黄泉降りの段の「湯津津(ゆつつ)

間櫛の男柱一箇取り闕きて」や、黄泉逃走の段の「湯津津間櫛を引き闕きて投げ棄つれば」より。

また、大蛇退治の段のイナダヒメの隠し方についての連想や、櫛が折れるのは凶兆という俗信の連想も働いている。

死んでからの子　これもスサノヲノミコトとの関連。

二八四頁

三度まで、飛びついて……　『オデュッセイア』第十一巻、

「わたしは心にどうしようかと迷って、なくなった母の魂を抱こうと思い、三たび飛びついて母を抱こうとしたが、三たび母の魂は影か夢でもあるかのように、わたしの手からふわりと抜け、わたしの心の痛みはそのたびにますます鋭くなった。それで、声を挙げて翼ある言葉をかけた。」

（十一・三〇四以後）

また、つかまえようとしても手から抜けてどうしてもつかまえられぬという点では、Ⅳの「啞の子」についての注に既出の、ホムチワケの母、沙本毘売のことも思い合される。

二八四―二八五頁

翼ある／長い髪の／オオナムチの最初の妻が……　このパートの文字配置は飛び立つ鳥の形を意識している。大己貴（大穴持）は大国主神の七つの名の一つ。「翼ある」は、前注の『オデュッセイア』引用部分の末尾をうけると

ともに、リリートのイメージをよび起す。リリートは、ユダヤの古伝説によればアダムの最初の（イヴ以前の）妻。翼を持ち、長い髪をなびかせて飛ぶ。イヴの子孫を嫉妬し、夜は幼児の血を吸い、妖しい声で鳴いて、人の心を狂わす。また、蛇の形になって、若い男をおそうともいう。ゲーテ『ファウスト』第一部の「ワルプルギスの夜」や、アポリネールの「腐って行く魔術師」にも登場する。

二八四頁

夜見（よみ）の船戸　「船戸」は、岐神（ふなどのかみ）から。「神代記」では、イザナギノカミの黄泉からの帰還後、投げ棄てた杖から化生した神として、衝立船戸神（つきたつふなどのかみ）の名がある。岩波大系本『記』および『紀』上の注によれば、フナドの古形はクナドで「来勿（くな）」、「ここから入って来るな」とさえぎる神。また、船戸は文字の上から水戸（みなと）・水門（みなと）を連想させ、海峡や川のイメージをよぶ。

妖しい叫び声　前注のリリートのイメージに加えて、ここでは中世伝説のメリュージーヌ（メルシナ）のイメージが重なる。キプロス王リュジニァンは愛妻メリュージーヌの不思議な力で、国内の様々な秘密を知ることができ、国政に大いに利した。だが、一日、妻の水浴をかいま見たところ、メリュージーヌはその本性の蛇の姿をあらわしており、王に見られたことに気づくや、悲鳴をあげて、いずこかへ逃げ去った。しかし、その後も、王の身に危険が近づくと、城の空へ飛んで来て、あやしい声で叫び、それを知らせたという。

ベヤリング・グウルドの伝説民話分類でいう「メルシナ型」の原型。わが国の鶴女房（つるにょうぼう）、雪女房などの民話は、この系統に属する。
　また、VIの「珍ラシイ鳥デスガ……」の注で想起したハルピュイアイとも関連。

二八五頁

笹藪　VIの「風ガナイノニ……」の注参照。

杜松（ねず）の木　「グリム童話集」に原型のある「ジュニパー型」民話の想起。そこでは、親（継母）に殺され食べられた子供が鳥に変身する（父親も知らずに息子の肉を食べる）。『ファウスト』第一部でマルガレーテが獄舎でうたう歌も、ここから来ている。この物語についてはベヤリング・グウルド『民俗学の話』（今泉忠義氏訳）第三章を参照した。

十何万のがぜる群……　幼時、母に連れられて、宍道湖北岸を走る電車ではじめて出雲大社へ行った時、車窓から見たいちめんの葉のない桑畑の印象。ガゼルという動物のことは当時の幼年雑誌に載ったアフリカ探険物語で知っていた。おそらく、私の作った唄めいた文句の、記憶にある限りで、最も古いもの。これをそのまま用いた。

X

二八七頁

とてつもなく巨きな星　ここには、ポオの詩「アル・アーラーフ」や「フェアリー・ランド」の印象が漠然と働いていたと思う。

二八八頁

丘の上に、天にとどかんばかりの高殿がたち、たつては崩れ……　古代の出雲大社やバベルの塔の想起。Ⅰの「らふえる／まい／あめく／ざあび／あるみ」の注参照。

二八九頁

田舎まわりのプロレス　ノミノスクネとタイマノケハヤの古事の想起が、かすかにあったかも知れない。

XI

二八九―二九〇頁

それにしても……　Ⅳの第三節末尾のヴァリエーション。

XII

二九〇頁

こう、こう、こう……　Ⅳの注参照。

幾夜か寝つる　「景行記」、「景行紀」四十年にあるヤマトタケルの東征の際の歌。

「新治　筑波を過ぎて　幾夜か寝つる」
より。

雷鳴がおこつた　アヂシキタカヒコネノカミが、雷神であること、啞であったものが突然ものを言うということ、なども関連する。

百の人穴　古代穴居民の想起、そして「トログロディット族」（モンテスキューおよびボルヘースより）の連想。八重垣神社の附近には、百穴地帯と称する地域があり、二百余の穴居址が密集している。

穴の奥で、仮の眠りをむさぼろうと　穴の奥で眠りをむさぼるということにはボードレールの詩句のレミニッサンスが働いていた。

「もう諦めろ　わが心よ。　獣の眠りを眠れ。」
（「虚無の味」第五行。鈴木信太郎氏訳）

道連れ　ダンテにとっては、ウェルギリウスが道連れだったわけだが……。

二九一―二九二頁

三つの鏡を持つ……　このパートは上辺に鏡を立てて読めば、読みやすい。

二九一頁

（三つの顔）　『神曲』地獄篇第三十四歌のルシフェルのイメージが基本となり、それに「仁徳紀」六十五年の「一身両面の叛徒」のイメージや、興福寺の阿修羅像の印象等が重なる。

（ただ一つの目）　VIの「風ガナイノニ……」の注参照。

(幾十の火山)「記」「紀」のヤマタノヲロチの外容に、火山活動の象徴を見る人は少くない。

(檜や杉に覆われた全身)「神代記」のヤマタノヲロチの描写より。

「彼の目は赤加賀知の如くして、身一つに八頭八尾有り。亦、其の身に蘿と檜榲と生ひ……。」

(ふしぎになまめかしく) ジイド『テゼー』におけるミノタウロスの描写の想起。

(粟の茎)「神代紀」上、第八段、一書第六に、

「少彦名命 行きて熊野の御碕に至りて、遂に常世郷に適しぬ。また曰はく、淡嶋に至りて、粟茎に縁りしかば、弾かれ渡りまして常世郷に至りましきといふ。」

とあり、また、「伯耆国風土記・逸文」には、

「少日子命、粟を蒔きたまひしに、莠実りて離々りき。即ち、粟に載りて、常世の国に弾かれ渡りましき。」

オホナムチとスクナヒコナの不可分の関係については、岩波大系本『紀』上、補注1—九七および同、1—一〇四に説明がある。

(螢のように)「神代紀」下、第九段に、

「……彼の地に、多に螢火の光く神、及び蠅声す邪しき神有り。」

二九二頁

小さな光……　以下の七行で作られた六角形は、出雲を知る人なら、出雲大社の神紋（六角形の中に大の字）を想起されるかもしれないが、神紋というなら、私はむしろ神魂神社のそれ（六角形の中に有の字）をあげたい。（なお、この神紋について、神魂神社の案内文では、「有」の字は神在月の十月の二字から合成されたものと説明している。）

XIII

毘売の埼　以下の四行は三好達治「春の岬」（『測量船』）のもじり。毘売の埼にまつわる、わにざめに喰われた乙女、その父による復讐、裂かれたわにざめの腹から出た女の片脛、の物語は「出雲国風土記」意宇郡、安来の郷の条の次に出ている。

鴛鴦・鳧　「出雲国風土記」で、湖沼・入海の説明にしばしば出てくる水鳥の中から主として音韻によって選んだ。（鳧をタカベと読むのは、岩波大系本『風土記』にしたがった。）

鴛鴦はいわゆるオシドリで、古代には出雲地方にもいた。鳧は岩波大系本『風土記』の注では小鴨。加藤義成氏『参究』ではケリと読み、シギ目の候鳥とされている。

永劫の……　この二行は西脇順三郎「旅人かへらず」の最終行「永劫の旅人は帰らず」のもじり。

二九三頁

意恵（おゑ）　既出、「出雲国風土記」意宇郡、国引きの詞章の末尾を参照。なお、岩波大系本でこの語に付された注には、

「播磨（はりま）国風土記に国作りの後でオワと詔せられたとあるのと同じ。神が活動を止めて鎮座しようとする意を示す詞と解すべきであろう。仮死状態をあらわすヲエ（瘁・瘼臥）と通ずる語。」

とあり、同書の「播磨国風土記」のオワについての注には、

「気力抜けて仮死状態にあるをヲエというのに通ずる語で、神が活動を終えて、鎮座（死の状態）しようとすることを示す語とすべきであろう。」

とある。

（いりさわ・やすお　一九三一〜二〇一八。初収：『わが出雲・わが鎮魂』思潮社　一九六八年）

選者解説

池澤夏樹

本書には明治以降の近現代詩を収める。

古典としての和歌については日本文学全集の第二巻『口訳万葉集／百人一首／新々百人一首』を、江戸期の俳諧などについては第十二巻の『松尾芭蕉／与謝蕪村／小林一茶／とくとく歌仙』を見て頂きたい。その他の巻にも詩歌は頻繁に登場する。

行分けで数行から数十行、時には数百行の近現代詩と、三十一音の短歌、十七音の俳句が一巻に並ぶ。この三つ、広義ではどれも詩であるが、詩形としてはまるで違う。長い文学史を経た分岐の結果、進化の系統樹の互いにかけ離れた枝先に咲く三輪の花と言っていい。

（以下、用語の混乱を避けるのがむずかしい。詩はもっぱら明治以降の近代詩・現代詩であるのとは別に、短歌・俳句を含む詩一般をさす場合もある。後者は傍点を付して詩としよう。）

詩の場では、多くを書いて思いを語りたいという欲望と、短く引き締めて美的価値を高めたいという衝動が闘っている（これに関しては全集の第三十巻『日本語のために』所収の永川玲二の「意味と響き」という論が参考になるはずだ）。制限があるから表現が濃密になるというのが詩の原理。すなわち少ない言葉に多くを盛る。

しかしそれは当然ながら困難を伴う。和歌では圧縮表現のために作者と鑑賞者の間に、枕詞や本歌取り、縁語、掛詞、歌枕など多くのガジェットがあった。その背後に過去の無数の作品群がある。宮中とその周辺という狭い世界の互いに見知った人々の間で技巧は限りなく深化していった。全集の第二巻にある丸谷才一の『新々百人一首』は、一首の和歌をどこまで深く読み得るかの実例である。

例えば、和泉式部の「黒髪のみだれもしらず打伏せばまづかきやりし人ぞ恋しき」を読み解いて、ここに過去の激しい閨房と現在の孤閨の二つの情景を重ねて透かし見る。

あるいは二条后（藤原高子）の「雪のうちに春はきにけりうぐひすの氷れる泪いまやとくらむ」という一首について延々二十四ページを費やし、六十首以上を引用してこれを解く。果ては、鶯の泪は芭蕉の『おくのほそ道』のはじめの方に置かれた

「行く春や鳥啼き魚の目は泪」にまで至る。

ここで俳諧とは何かといふ問題が生ずるが、これにはごくあつさりと、歌道を俗に崩したものと答へるのが最も正しい。それは和歌の優美と妖艶とを滑稽にあやなして、新しい詩情を求める危険な詩法であつた。あるいは、尾籠にわたることすら恐れずに俗界を探つて、あはよくば高貴なものをひらめかせようといふ幻術であつた。そしてこの方法を典型的に示してゐるものこそ「魚の目は泪」の一句にほかならない。

と丸谷は言う。こういうもの全部を背負って、そこからなんとか離脱を試みたのが明治以降の和歌・短歌であり、俳句であり、更には新しく西洋に学んで生まれた近代詩だった。

詩の始まりが歌謡である以上、詩は定型という枠に収められるのが、どこの国、どの言語でも普通だった。同じメロディーに歌詞を何度も乗せるとなれば言葉は自ずから定型になるだろう。

十四行を韻律・押韻の規則で縛るソネットならばペトラルカとシェイクスピアの作が広く知られている（シェイクスピアのソネットは全集の第二十巻『吉田健一』に吉田訳を収めた）。

しかし、日本の和歌・短歌や俳句ほど短い詩形は他に類を見ない。

試しに英語圏で最も短く、形式の制限がきつい詩の形式としてリメリックというのを参照してみよう。エドワード・リアという詩人から広まったもので、基本は韻を踏んだ五行からなる狂詩。地名＋人物で始まり、とんでもない滑稽な結果で終わる。一例を試訳で挙げれば——

リガから来たお嬢さん
虎に乗ってニコニコお散歩
戻った時には
お嬢さんは虎の中
ニコニコなのは虎の方

There was a young lady from Riga,

who smiled as she rode on a tiger.
They returned from the ride
with the lady inside
and the smile on the face of the tiger.

サキやP・G・ウッドハウス、あるいはイーヴリン・ウォーの短篇のひねったユーモアに似ている。まあこの程度の内容しか盛れないということだが、それでもこの長さ。狂歌ならば「世の中は色と酒とが敵なりどふぞ敵にめぐりあいたい」（四方赤良）まで圧縮できる。

敢えて乱暴を承知で言うが、和歌と俳句は短すぎる。なぜ我々の祖先は『万葉集』の段階で長歌を捨てて三十一音の歌を採用したのか。なぜそれが現代に至るまで千数百年も使われてきたのか。これほど長く使われた詩形は他の文化圏にはない。

日本人はこれを愛したと言うしかないだろう。長きに亘って何度となく選択を重ねた果ての現在であり、振り返って理由を問うことは空しい。この国土の変化に富んだ自然とそこに暮らしてきた移り気な人々の性格に合っていたのだろう。我々はことをとことん追い詰めるのを嫌う。さらっと言ってすっと離れる。

その一方で、もっと言いたいという欲望も常に意識されていた。和歌の三十一音では思いを盛りきれない。だから残る部分を物語として歌の周囲に配置する。すなわち題詞(だいし)ないし詞書(ことばがき)であり、左注であり、さらには膨らんでストーリーとなり、歌物語にまでなった。その典型が全集の第三巻に収めた『伊勢物語』。「男がいた」で始まる短い物語の中に和歌が嵌(は)め込まれている。都鳥(みやこどり)という鳥の名をきっかけに遠い都を思って旅人たちが涙するという情景（九段）。あるいは、男と多情な女の間で交わされた二首の歌が並べられるだけで物語として読める（三十七段）。一首では立たないから二首並べるのだ——

我ならで下紐(したひも)解くな朝顔(あさがほ)の夕(ゆふ)かげまたぬ花にはありとも

二人して結びし紐をひとりしてあひ見るまでは解かじとぞ思ふ

貴族たちの狭い社交界でやりとりされたから、歌はまずもって贈られるものであった。挨拶という機能を託された詩。

それはまた和歌がゴシップと共にあったということでもある。小式部内侍は母が有名な歌人の和泉式部だったために、よい歌を詠んでも代作ではないかと疑われた。親が偉いと子は苦労する。母が夫と共に丹後へ行った後、ある歌合わせの直前に中納言定頼という男が「お母さんから手紙は来ましたか？」とからかった。その歌合わせの場で彼女は

大江山いく野の道の遠ければまだふみもみず天の橋立

と詠んだ。地名を三つ入れて「生野」に「行く」を、「文」に「踏み」を懸け、自分が置かれた状況を鮮やかに引っ繰り返す。この歌は百人一首にもあって、これは誰もが知っているエピソードだが、たった三十一音の詩である和歌は時にこのような物語を背景として必要とした。

だから、百人一首の読み札と絵札の仲に見るように、和歌は作者の肖像をいつも伴っていた。その延長上にある近代の短歌でもまた俳句でも、作者の人柄は重視される。作品と作者がセットで語られる。

日本語に長い詩がなかったわけではない。『古事記』や『万葉集』には歌謡や長詩があるし、能や歌舞伎の科白の一部は明らかに朗唱のための詩である（例えば『曾根崎心中』の道行、「この世のなごり、夜もなごり……」の行）。ただそれが和歌のように独立して鑑賞されなかっただけのこと。

漢詩も定型詩であるが、律詩で八行、絶句は四行と、日本の短詩形の範囲には収まらない内容を盛り込み得る。和歌も私家集の場合は一首ずつではなくまとまったものとして読むことが期待されていただろう。俳句になってからも、松尾芭蕉の『おくのほそ道』は紀行文の中に句を配置することで十七音の限界を超えようとした。同じことは与謝蕪村の『春風馬堤曲』についても言える（どちらも全集の第十二巻に収めた）。

こういう歴史を踏まえて、明治からの詩歌が始まる。

小説の書きかたを西欧に学んだのと同じように、和歌や俳句の形式を離れて長く行を連ねる詩を書こうという試みが始まった。歌人、俳人と並んで詩人が生まれた。最初のうちはなかなか五七五から離脱できなかった。この巻で言えば、島崎藤村の「初恋」や伊良子清白の「漂泊」はまだその埒の内にある。

韻律においてはそうであったとしても、「初恋」には和歌と俳句には盛り込めなかったストーリーがある。詩人は少女に出会ったのであり、少女は彼に林檎をくれたのだ。林檎は（かつて日本になかったわけではないが）西洋風のモダンなイメージを伴う果物と見られた。これが柿や枇杷ではこの場にそぐわない。その一歩の分だけ藤村は過去を離れている。

一八八二年（明治十五年）の『新体詩抄』で外山正一はこう言っている——

> 三十一文字や川柳等の如き鳴方にて能く鳴り尽すことの出来る思想は、線香烟花か流星位の思に過ぎるべし、少しく連続したる思想、内にありて、鳴らんとするときは固より斯く簡短なる鳴方にて満足するものにあらず

確かに日本では短い詩が尊重された。短い詩には自ずから限界があるから、数百年の間にできることを全部してしまって、この時には枯渇していたのだ。伝統を使い尽くしたことを受けて、与謝野鉄幹は「何ぞ師授の諄々を待たむ」と言って徒弟制度を否定し、正岡子規は「貫之は下手な歌よみにて古今集はくだらぬ集に有之候」と大上段に伝統を拒絶してみせた。遺産を捨て、現実をまっすぐ見た上で自分の心情を伝え

る写生の短歌を推奨した。

折しも小説の方では自分を語る私小説が流行していた。西洋風の小説を書こうと志した人々が読んだのはゾラなどの自然主義の作品であり、社会を直視するという原理が日本では自分を直視することになって告白と自己憐憫による文学が主流となった。

和歌と同じ音数ながら内容を一新したものとして短歌が登場した。

初めのうちは意気軒昂だった。

与謝野晶子の、『みだれ髪』の「やは肌のあつき血汐にふれも見でさびしからずや道を説く君」や鉄幹の「われ男の子意気の子名の子つるぎの子詩の子恋の子あゝもだえの子」などには広く訴えるメッセージ性がある。

それがやがて、石川啄木の『一握の砂』の悲哀を経て、島木赤彦の「桑の実を食めば思ほゆ山の家の母なし子にてありし昔を」のような個人的な感慨になり、土屋文明の「ただひとり吾より貧しき友なりき金のことにて交絶てり」に行き着く。鉄幹とても「わが雛はみな鳥となり飛び去んぬうつろの籠のさびしきかなや」と私情に浸る。そして私的感情の到達点として「手をのべてあなたとあなたに触れたきに息が足りないこの世の息が」という河野裕子の歌がある。

物語を内含して自立する短歌がないではない。

室生犀星の「性に目覚める頃」に表棹影という友人が出てくる。犀星と同じ十七歳で、犀星が投稿した詩を読んで訪ねてきた。その表が詠んだ短歌が引用されている——

麦の穂は衣へだてておん肌を刺すまで伸びぬいざや別れむ

ぼくは若い時にこれを読んで感心した。その時は理由がよくわからなかったが今ならわかる。短篇小説として起承転結を完備しているのだ。「麦の穂は」で主題を提示し、「衣へだてておん肌を」と承けて、「刺すまで伸びぬ」と展開し、「いざや別れむ」と鮮やかに引っ繰り返す。背景には二人の出会いと仲の進展、よしあしいくつもの出来事、その果ての男の方のいきなりの変心、という小さな恋の記憶がある。

「性に目覚める頃」の私小説風の書きかたを考えれば、たぶん犀星の創作ではなく、表棹影にあたる人物は実在したのだろう。この歌を詠んだ若い天才はその後はどうなったのか。

俳句の方は短歌よりは自我から離れた。

歴史を振り返れば、和歌を二つに分けて二人で詠むという方式で連歌が生まれ、三十六句の歌仙が流行し、そこから発句が自立して、やがて俳句に至った。一つには五七五と短歌より更に短く、そこに季語という制約が加わって、思いの奔流を諌めようとする。自然の情景と心象を重ねることで詩的感興を生み出す。天象と人事の重ね合わせ。和田悟朗の句集『風車』にある「トンネルは神の抜け殻出れば朱夏」に接した時は天に駆け昇る龍の姿を見た思いがした。

短詩形は文字が少ない。そこを外から補塡する。

では、読者は一首・一句を読むに際して、その背後にある物語を知っているべきなのか。先の河野裕子の「息が足りない」が彼女の最後の作であることを知るのは鑑賞の必須の条件なのか。そこまで詠み手に沿うことが期待されているか。

久保田万太郎の「湯豆腐やいのちのはてのうすあかり」は広く知られる佳句である。老いるまで生きることができて、冬の夜、家でにせよ居酒屋でにせよ、湯豆腐というあのひたすら穏やかな温かい滋味の食べ物を前にして、長く生きてきた己の生をしみじみと思う。ここで「うすあかり」という言葉の効果は大きい。

しかし(ここはミステリで犯人の名を明かすようなことになるのだが)、万太郎のこの句は長く思っていた相手とようやく一緒に暮らせるようになった数年後、その彼女が急病で亡くなるという悲哀から生まれたものと言われる。全集の第二十六巻『近現代作家集 I』に収めた万太郎の「三の酉」を合わせて読んで頂きたい。

また、佐藤春夫の「秋刀魚の歌」の背景には谷崎潤一郎とその妻千代との三角形の行き来があった。そんなことを知らなくても秋刀魚の腸は充分に苦いのだが。


短歌と俳句についてしばしば言われるのは、読み手に対して詠み手が多すぎるということだ。詩を書きたいと思う者にとってこれほど敷居が低く間口が広い詩形はない。その分だけ入門者に対する指導がしやすく、それが結社という制度を生んだ。

この点を突いて一九四六年（昭和二十一年）、桑原武夫は俳句を芸術性の低い「第二芸術」と呼んだ。「署名がなければ大家の句か素人の句かわからぬ俳句では、大家の権威を保つために党派が必要になる」と言って論議を招いた。作品よりも作者が前に出る。この状況はそのままで、言わば事態をこじらせたまま今に至っている。

その一方、短歌や俳句が限りなく名作を生んでいるのは間違いないわけで、実際に心を動かされることは少なくないのだ。ぼくなりに実例を挙げれば、二〇一五年（平成二十七年）の歌会始（お題は「本」）の入選歌、十五歳の小林理央の作——

この本に全てがつまってるわけぢやないだから私が続きを生きる

には感心した（ここで作者の年齢を書くべきか否か、背景を明かすべきか否か、そこがむずかしい。作品は自立すべきだと思いつつも、歌会始と十五歳を無視もできない）。

あるいは、3・11の後、照井翠（てるいみどり）の句集『龍宮』の

津波引き女雛（めびな）ばかりとなりにけり

ほととぎす最後は空があるお前

柿ばかり灯（とも）れる村となりにけり

などに共感を覚えた。この場合も震災と津波という事実を前提にしての鑑賞であることをどう考えればいいのだろう。

ぼくのセレクションについては、これまでに読んで親しんできた詩を選んだと言う

しかない。いわば一人の凡庸な詩の読者の記憶にある詩篇であり、多くは広く知られたアンソロジー・ピースである。

時代順に並べたから、数行数十行を費やすことができる西欧風の詩形が定着し、藤村の「初恋」や伊良子清白の「漂泊」のような七五調の定型詩から自由詩に移っていったのがわかると思う。白秋は歌謡に傾いたけれど、その対極の位置には中野重治の「新聞にのつた写真」のような強いストーリー性を備えた詩があった。口語自由詩の完成は高村光太郎や萩原朔太郎に見ることができる。

選んだ後で振り返ってみれば、堀口大學や佐藤春夫などのウィットに富んで軽いいわゆるライト・ヴァースが多くなったのは我が性向の故だろう。

近現代詩には挨拶の色が薄い。詩人の前に読者が実在しない。中野の詩は母に向かって語りかける体裁だが、彼が実際にこれを母に向かって読みあげる場面は想像しがたい。金子光晴も吉田一穂もやはり自分を相手につぶやいている。

つまり、近現代詩には宴席の賑わいがないのだ。詩人は部屋に籠もって詩を書き、読者もまた部屋に籠もって詩を読む。すべては孤独の相の中にあり、もとは歌謡だったはずなのに声までも失って紙の中に閉じ込められている。

ライト・ヴァースならば読者は明らかにそこにいると言える。呼びかけの姿勢がなければ岩田宏の「吾子に免許皆伝」や、辻征夫の「婚約」などは書かれなかっただろう。

近現代詩は古典と縁を切ったわけではない。例えば、大岡信の「あかつき葉っぱが生きている」は恋人たちが共に一夜を過ごした後、つまり後朝の情景であって、これは王朝以来の伝統を踏まえたものだ。

福永武彦、中村真一郎、原條あき子の作品は「マチネ・ポエティク」というグループから生まれた押韻定型詩の試みである。この実験、世間の評価は低かったが、最もうまくできた作については今も鑑賞に堪えるとぼくは思う。

その時々に書かれた詩を蓄えて一定の数になった時に一冊の詩集にするというのが通例だが、はじめからぜんたいの構想のもとに長詩を書くこともできる。長い詩は一個の世界を現出する。そういう大きな構想の成果として三つの詩集を収めた。すなわち——

入沢康夫　『わが出雲・わが鎮魂』
谷川俊太郎　『タラマイカ偽書残闕』
高橋睦郎　『姉の島』

入沢と高橋の作はどちらも『古事記』や『風土記』など日本の古典に多くを負っていて、伝統を継承する姿勢が顕著と言える。そういう土台の上に、入沢は亡くなった友人の魂を求める旅を出雲への帰還に重ね、高橋は女たちを軸にした一族の系譜を再現する。谷川は文化人類学を横目で見ながら偽のエスノグラフィー（民族誌）を構築する。

この三作にはどれにも自注が付いている。二十世紀の詩でいちばんの傑作とされるT・S・エリオットの『荒地』で始められた方式で、本文をぎりぎりまで引き締めた上で溢れるものをどう読者に手渡すか、その工夫の一つと言える。ぼくが全集の第一巻『古事記』で訳文に脚注を加えたのも同じ思いからだったかと今にして思う。詩を散文で補うという意味では歌物語の工夫に繋がっているのかもしれない。エリオットと『古事記』の間に回路が通じる。文学の普遍性はそこまで広がっている。

文庫版あとがき

「解説」で詩についての総論を書いたので、ここではわたくし的なことを記そう。

若い時に詩を試みて、ある程度の量を書いたのだが、その先で小説の方で忙しくなって詩が書けなくなった。この二つ、頭の使いかたが違うのだ。

それでも詩を書かないことが気になっていた。自分の中に順位があって小説と並べれば詩の方が上、というか文芸の本来に近いのではないかと思っていた。

文学史を見ればそれは明らかだ。小説というものが生まれるずっと前から詩はあった。神の前で唱えられた原初の文言が詩だったことは例えば「六月晦大祓(みなづきのつごもりのおほはらへの)祝詞(のりと)」を見ればわかる。これは世の平安を願う万民の思いの言語化であり、今はテクストになっているがまずもって神の耳に届くべき声だった。公的なものだから私的な姿勢を含む「こもよみこもち……」(『万葉集』の最初の歌)より先に生まれたとぼくは考える。

雄略天皇に帰せられるこの歌には状況が組み込まれている。春の野で若菜を摘む乙女たちがいてそれを口説いて共寝しようとしている男がいる。つまり場の設定があり、演劇性がある。フィクションの萌芽と言っていいかもしれない。

この祝詞と和歌の前後関係はそのまま琉球文学史において「おもろ」と琉歌（りゅうか）の間に再現されている。おそらくどの言語の文学史でもそうなのだろう。公から私への流れがあって、次第にフィクション的なものが混じってきたのだろう。

生物学に「個体発生は系統発生を繰り返す」という説がある。これは今では否定されているのだが、しかし文化史と重ねてみるとなかなか捨てがたいものなのだ。一つの受精卵が胎内で個体になってゆく過程で進化の歴史をなぞる。胎児は水の中にいた魚のような形の時期を経て手足のある哺乳類の形に至る。

同じように文芸の徒も詩から小説への進化の過程をなぞるのではないか。

しかし実際にはほとんどの場合、人は詩など書かないまま小説を書き始める。

これはどう説明できるだろう？

小説という仕掛けが強力すぎるのだ。ほとんど飛び道具だとぼくは思う。どこか卑怯で、だから書いていても後ろめたい。

人間は他人の運命というものに強い関心を持つ。隣人への好奇心は抑えがたい。何の利害もないのに他人の身に起こったことを想像でなぞってみる。ゴシップというのはぼくAとあなたBの共通の知人Cに関する噂である。メディアが発達した現代ではすべての有名人が知人Cとされる。むこうはあなたのことなど知らないのに。

これを応用して知人Cとその周辺の人々を捏造し、動かし、運命らしきものを作って提供するのが小説である。強い誘因力があるから中毒になる者も多い。人類学者のマリノフスキーはトロブリアンド諸島のフィールドワークの場でも通俗小説が手放せなかったと日記に書いている。

谷川俊太郎は「人間の業を描くのが小説の仕事／人間に野放図な喜びをもたらすのが詩の仕事」と言い、「詩しか書けなくてほんとによかった」と言う。(「詩の擁護又は何故小説はつまらないか」)

詩には怪しい力はない。詩は架空の人物を呼び込んだりせず、最小限の言葉で最大限の思いと考えを表す。

詩作という作業はざっと書いて削り、書き加えて削り、ぜんたいができたら読み直して言葉を入れ替えてまた削る。ただその繰り返しだ。

だからこの巻にある詩は精錬によってすべての俗な夾雑物(きょうざつぶつ)を除いた果てに得られた

純粋な結晶である。丁寧に読めば一語ずつがきらきらと輝いていることがわかるだろう。

二〇二四年十二月　安曇野

池澤夏樹

解説

ゆりかごのそとへ

渡邊十絲子

詩はあこがれを形にしたものだと思う。たとえあこがれとは無縁なできごとや心情を描いているように見えても、その詩はことばの精妙な細工によってできたものであって、制作の土台にはことばそのものへのあこがれがある。ことばの彫琢（ちょうたく）などと言うときれいに響くが、その細かい取捨選択の作業はどちらかといえば神経症的で解放感のないものになりがちである。強いあこがれという原動力があってはじめてそのような作業に取り組めるのだと思う。

人間のあこがれをかきたてる要素にはいろいろあるが、そのなかでも重要なひとつが「未知」である。

われわれのことばが広大な「未知」に向かって開かれたことが、ここ数百年のあいだに二回ある。明治のはじめと、昭和の敗戦後だ。そのどちらも、それまでの日本語を固くしばっていた鎖がほどけ、表記のスタンダードが崩れたのに新基準はいまだ手探り状態、そこへ外国から知らないことばもどっと流れこんできて、日本語が急に頼りなくぐらつきはじめる状況があった。見方を変えればこれはもちろん詩にとっての好機であり、未知の荒野を目指すきっかけになる。本書はそうした冒険の記録である。

新しい環境のなか、新しい時代の詩を夢見た者たちは、昔なじみの詩型を脱ぎ捨てた。かれらの抱いた高揚感は想像に難くない。

一方には伝統的な定型詩の世界に踏みとどまった者たちもいる。「新」と「旧」とが対比される場面においては「新」の側が一方的に誉めそやされがちだが、「旧」を守り育てなおすことは、それ自体が勇気である。抱えるものが巨大だからだ。しかし「新」を選んだ者と「旧」を選んだ者とは、ひとりひとりの思想によって決別したというよりは、個人のもっているもろもろの条件、つまり来歴や人間関係、暮らし方などに干渉されて、ほんの小さな分水嶺をそろりと越えたから行き先が分かれたにすぎないという気もする。

俳句や短歌の世界で定型の内側から表現を刷新しようとする者たちをあとに、「新」

のほうについた者たちはやみくもに歩き出した。目の前に広がる荒野にはなにもかもがあり、言いかえれば目ぼしいものはなにもなかった。どこへ行ってもよいということは、行くあてがないということなのだ。


七五調を裏切った解放感。

音数も行数も字数も無制限、ルールなしにした解放感。

長年にわたって読者と共有してきた「詩歌的感受性」を置き去りにした解放感。

それらの解放感が大きければ大きいほど、その道を行くのは心細かったろうと思う。温かく頼もしいゆりかごの外へ出ていくのだから、当たり前だ。

ここに収められた詩のほぼすべてに、そうした心細さが滲み出ている。

たとえば萩原朔太郎の心細さはこうだ。

　とほい空でぴすとるが鳴る。
　またぴすとるが鳴る。
　ああ私の探偵は玻璃(はり)の衣装(いしやう)をきて、
　こひびとの窓からしのびこむ、

床は晶玉、
ゆびとゆびとのあひだから、
まつさをの血がながれてゐる、
（中略）
みよ、遠いさびしい大理石の歩道を、
曲者（くせもの）はいつさんにすべつてゆく。

（「殺人事件」）

「ぴすとる」の遠い音は不安な心をざわつかせ、不幸の予感を漂わせる。熱と生命を象徴する赤い色であるはずの血はなぜか「まつさを」であり、とりおさえるべき「曲者」は遠いさびしい道をすべってどこかへ行ってしまう。「玻璃の衣装」はきらきらと美しいが破れやすいだろう。手もとにしっかりと握れる、頼れるものは描写されていない。

自分にとっての世界がいままさに爆発的に膨張しているから、すべてが自分から高速で離れていく。表現をしようとする者は、世界の中心にひとり取り残される。

石垣りんはそれをこういうふうに書く。

食わずには生きてゆけない。
メシを
野菜を
肉を
空気を
(中略)
金もこころも
食わずには生きてこれなかつた。
ふくれた腹をかかえ
口をぬぐえば
台所に散らばつている
にんじんのしつぽ
鳥の骨
父のはらわた
四十の日暮れ

私の目にはじめてあふれる獣の涙。

（「くらし」）

食わずに生きていかれないというのはあらゆる動物がそうであって、たとえそれが罪であるとしても個別のものではなく普遍的なものであるはずだ。しかしこの詩はそれを「みんなの罪」とはとらえない。連帯すべき者は登場しない。あくまで「私」がむさぼり食ったにんじんであり鳥であり父である。あふれるのは孤独な涙だ。ひとりで負えるはずのない責めを負って心細い人の涙。

一篇の詩ではなく詩集一冊をついやして構築する世界においても、こうした「心細さの描写」はかたちを変えながらずっと変奏されている。

谷川俊太郎の『タラマイカ偽書残闕』は、「北部ギジン」という土地の「タラマイカ族」という人たちが残した創世記のようなテキストを記しながら、その土地も民族も〈私の調べた限りでは存在の痕跡がない〉という。書いているときの心細さが裏返って、架空の人々の架空のことばへと手を伸ばしているのだ。その手がつかみとるものは、実在ではなく不在である。

高橋睦郎『姉の島』では、〈ねえさん〉の姿をどこまでも追っていくのに〈ねえさん〉はめまぐるしくかたちを変え、とらえどころがない。〈大きいねえさん〉〈自分より年上だから〉であると同時に〈小さいねえさん〉〈四歳で死んだから〉であり、はっきりとした輪郭を見せてくれない姉、それでもその姉を求めつづける心のよりどころのなさが神話の世界に漂い出ていく。

入沢康夫『わが出雲・わが鎮魂』では、親友の魂(たま)まぎに訪れたふるさとで語り手は友の姿を追い求めるが、現実の町はまぼろしの風景と二重写しになってほろほろとほどけていき、牛たちは人の顔をした仔牛を産み、首のないあおさぎが飛び、櫛はふたつに折れる。手をのばしてものばしてもすりぬける、しかし確かに「そこにある」ものの、いや「そこにあると予感しているもの」の姿が見え隠れする。

どの詩集でも追っているものの正体には到達できず、しかしそれに手を伸ばさねばならない衝動だけがある。そんなふうに宙づりになった世界を、みんなが描いてきた。

ここに集められた詩篇を、わたしはそんなふうに読んだ。自分自身がいつまでたっても心細いから、他者の心細さに強く共鳴するのである。

書きつけたいことばの色あいも温度も手ざわりもはっきり感じているのに、そのことばはいまだ発見されていない。だから作らねばならない。「語り得ないもの」にふれることばを出現させなければならない。
それはとても孤独なこころみだ。でもわれわれはこの心細さを愛していいのだ、誇ってもいいのだと思う。ここには心細さを正面から引き受け、取り組んだ者たちがいる。すっかりしおれて、痩せた背中をさらしている。それがたまらなく格好よく見える。

（わたなべ・としこ／詩人）

◎底本・表記について

一、本書は原則として初収本を底本とし、一部個人全集、詩集も底本として採用しました。

1 左記二篇の底本は次の通りです。

谷川俊太郎「タラマイカ偽書残闕」……『続続・谷川俊太郎詩集』(現代詩文庫 一九九三年七月)

入沢康夫「わが出雲・わが鎮魂」……『わが出雲・わが鎮魂 復刻新版』(思潮社 二〇〇四年七月)

2 収録にあたって、一部の作品では作者による加筆修正が施されました。

一、本書は、次のような編集方針をとりました。

1 原則として旧字で書かれたものは新字に改めました。

2 誤字・脱字と認められるものは正しましたが、いちがいに誤用と認められない場合はそのままとしました。

3 読みやすさを優先し、読みにくい漢字に適宜振り仮名をつけました。

一、本文中、今日からみれば不適切と思われる表現がありますが、書かれた時代背景と作品価値とに鑑み、そのままとしました。

本書は、二〇一六年九月に小社から刊行された『近現代詩歌』（池澤夏樹＝個人編集　日本文学全集29）より、「近現代詩」を収録しました。文庫化にあたり、「文庫版あとがき」「解説」を加えました。

kawade bunko
古典新訳コレクション

近現代詩

二〇二五年 二 月一〇日 初版印刷
二〇二五年 二 月二〇日 初版発行

選　者　池澤夏樹（いけざわなつき）
発行者　小野寺優
発行所　株式会社河出書房新社
〒一六二-八五四四
東京都新宿区東五軒町二-一三
電話〇三-三四〇四-八六一一（編集）
〇三-三四〇四-一二〇一（営業）
https://www.kawade.co.jp/

ロゴ・表紙デザイン　粟津潔
本文フォーマット　佐々木暁
本文組版　KAWADE DTP WORKS
印刷・製本　中央精版印刷株式会社

Printed in Japan　ISBN978-4-309-42159-9

河出文庫 古典新訳コレクション

古事記 池澤夏樹［訳］
百人一首 小池昌代［訳］
竹取物語 森見登美彦［訳］
伊勢物語 川上弘美［訳］
源氏物語1～8 角田光代［訳］
堤中納言物語 中島京子［訳］
土左日記 堀江敏幸［訳］
枕草子上・下 酒井順子［訳］
更級日記 江國香織［訳］
平家物語1～4 古川日出男［訳］
日本霊異記・発心集 伊藤比呂美［訳］
宇治拾遺物語 町田康［訳］
方丈記・徒然草 高橋源一郎・内田樹［訳］
能・狂言 岡田利規［訳］
好色一代男 島田雅彦［訳］
雨月物語 円城塔［訳］
通言総籬・仕懸文庫 いとうせいこう［訳］
春色梅児誉美 島本理生［訳］
曾根崎心中 いとうせいこう［訳］
女殺油地獄 桜庭一樹［訳］
菅原伝授手習鑑 三浦しをん［訳］
義経千本桜 いしいしんじ［訳］
仮名手本忠臣蔵 松井今朝子［訳］
松尾芭蕉／おくのほそ道 松浦寿輝［選・訳］
与謝蕪村 辻原登［選］
小林一茶 長谷川櫂
近現代詩 池澤夏樹［選］
近現代短歌 穂村弘［選］
近現代俳句 小澤實［選］

＊以後続巻
＊内容は変更する場合もあります

池澤夏樹の世界文学リミックス

池澤夏樹　41409-6

「世界文学全集」を個人編集した著者が、全集と並行して書き継いだ人気コラムを完全収録。ケルアックから石牟礼道子まで、新しい名作一三五冊を独自の視点で紹介する最良の世界文学案内。

うつくしい列島

池澤夏樹　41644-1

富士、三陸海岸、琵琶湖、瀬戸内海、小笠原、水俣、屋久島、南鳥島……北から南まで、池澤夏樹が風光明媚な列島の名所を歩きながら思索した「日本」のかたちとは。名科学エッセイ三十六篇を収録。

特別授業3.11　君たちはどう生きるか

あさのあつこ/池澤夏樹/鷲田清一/鎌田浩毅/橋爪大三郎/最相葉月/橘木俊詔/斎藤環/田中優　41801-8

東日本大震災を経て、私たちはどう生きるか。国語から課外授業までの全9教科をあさのあつこ、池澤夏樹等9名が熱血授業。文庫版には震災10年目の視点を追記。今あらためて生き方を問う、特別授業。

古事記

池澤夏樹〔訳〕　41996-1

世界の創成と、神々の誕生から国の形ができるまでを描いた最初の日本文学、古事記。神話、歌謡と系譜からなるこの作品を、斬新な訳と画期的な註釈で読ませる工夫をし、大好評の池澤古事記、ついに文庫化。

伊勢物語

川上弘美〔訳〕　41999-2

和歌の名手として名高い在原業平（と思われる「男」）を主人公に、恋と友情、別離、人生が描かれる名作『伊勢物語』。作家・川上弘美による新訳で、125段の恋物語が現代に蘇る！

土左日記

堀江敏幸〔訳〕　42118-6

土佐国司の任を終えて京に戻るまでの55日間を描く、日本最古の日記文学を試みに満ちた新訳で味わう。貫之の生涯に添い、自問の声を聞き、その内面を想像して書かれた緒言と結言を合わせて収録。

更級日記

江國香織〔訳〕 42019-6

菅原孝標女の名作「更級日記」が江國香織の軽やかな訳で甦る！東国・上総で源氏物語に憧れて育った少女が上京し、宮仕えと結婚を経て晩年は寂寥感の中、仏教に帰依してゆく。読み継がれる傑作日記文学。

義経千本桜

いしいしんじ〔訳〕 42115-5

源平合戦を背景に、平家の復讐と、源義経主従の受難を壮大に描く。平知盛、弁慶、静御前、狐忠信の活躍と、市井の庶民たちの篤き忠義が絡まりあう名作浄瑠璃が、たおやかな日本語で甦る。

宇治拾遺物語

町田康〔訳〕 42099-8

〈こぶとりじいさん〉こと「奇怪な鬼に瘤を除去される」、〈舌切り雀〉こと「雀が恩義を感じる」など、現在に通じる心の動きと響きを見事に捉えた、おかしくも切ない名訳33篇を収録。

春色梅児誉美

島本理生〔訳〕 42083-7

江戸を舞台に、優柔不断な美男子と芸者たちの恋愛模様を描いた為永春水『春色梅児誉美』。たくましくキップが良い女たちの連帯をいきいきとした会話文で描く、珠玉の現代語訳！

枕草子　上

酒井順子〔訳〕 42104-9

平安中期、一条天皇の中宮定子に仕えた清少納言が、宮中での生活を才気煥発な筆で綴った傑作随筆集。類聚、随筆、日記などの章段に分類された同書が、エスプリの効いた現代語訳で甦る。全２巻。

枕草子　下

酒井順子〔訳〕 42105-6

平安中期、中宮定子に仕えた清少納言が、宮中での生活を才気煥発の筆で綴った傑作随筆集。エッセイスト酒井順子ならではエスプリの効いた現代語訳が楽しい。関白道隆の没後を描いた一四三段から完結まで。

河出文庫

源氏物語　1

角田光代〔訳〕　41997-8

日本文学最大の傑作を、小説としての魅力を余すことなく現代に甦えらせた角田源氏。輝く皇子として誕生した光源氏が、数多くの恋と波瀾に満ちた運命に動かされてゆく。「桐壺」から「末摘花」までを収録。

源氏物語　2

角田光代〔訳〕　42012-7

小説として鮮やかに甦った、角田源氏。藤壺は光源氏との不義の子を出産し、正妻・葵の上は六条御息所の生霊で命を落とす。朧月夜との情事、紫の上との契り……。「紅葉賀」から「明石」までを収録。

源氏物語　3

角田光代〔訳〕　42067-7

須磨・明石から京に戻った光源氏は勢力を取り戻し、栄華の頂点へ上ってゆく。藤壺の宮との不義の子が冷泉帝となり、明石の女君が女の子を出産し、上洛。六条院が落成する。「澪標」から「玉鬘」までを収録。

源氏物語　4

角田光代〔訳〕　42082-0

揺るぎない地位を築いた光源氏は、夕顔の忘れ形見である玉鬘を引き取ったものの、美しい玉鬘への恋慕を諦めきれずにいた。しかし思いも寄らない結末を迎えることになる。「初音」から「藤裏葉」までを収録。

源氏物語　5

角田光代〔訳〕　42098-1

栄華を極める光源氏への女三の宮の降嫁から運命が急変する。柏木と女三の宮の密通を知った光源氏は因果応報に慄く。すれ違う男女の思い、苦悩、悲しみ。「若菜（上）」から「鈴虫」までを収録。

源氏物語　6

角田光代〔訳〕　42114-8

紫の上の死後、悲しみに暮れる光源氏。やがて源氏の物語は終焉へと向かう。光源氏亡きあと宇治を舞台に、源氏ゆかりの薫と匂宮は宇治の姫君たちとの恋を競い合う。「夕霧」から「椎本」までを収録。

源氏物語　7

角田光代〔訳〕　42130-8

宇治の八の宮亡きあと、薫は姉の大君に求愛し、匂宮を妹の中の君と結ばせるが、大君は薫を拒み続け他界。次第に中の君に恋慕する薫に、彼女は異母妹の存在を明かす。「総角」から「東屋」までを収録。

源氏物語　8

角田光代〔訳〕　42131-5

匂宮は宇治へ行き、薫と偽って浮舟と契りを交わす。浮舟は匂宮の情熱に惹かれるが、二人の関係が薫に知られ、入水を決意する。浮舟の愛と性愛、その結末とは…。「浮舟」から「夢浮橋」まで収録の完結巻。

平家物語　1

古川日出男〔訳〕　41998-5

混迷を深める政治、相次ぐ災害、そして戦争へ——。栄華を極める平清盛を中心に展開する諸行無常のエンターテインメント巨篇を、圧倒的な語りで完全新訳。文庫オリジナル「後白河抄」収録。

平家物語　2

古川日出男〔訳〕　42018-9

さらなる権勢を誇る平家一門だが、ついに合戦の火蓋が切られる。源平の強者や悪僧たちが入り乱れる橋合戦を皮切りに、福原遷都、富士川の遁走、奈良炎上、清盛入道の死去……。そして、木曾に義仲が立つ。

平家物語　3

古川日出男〔訳〕　42068-4

平家は都を落ち果て西へさすらい、京には源氏の白旗が満ちる。しかし木曾義仲もまた義経に追われ、最期を迎える。宇治川先陣、ひよどり越え……盛者必衰の物語はいよいよ佳境を迎える。

平家物語　4

古川日出男〔訳〕　42074-5

破竹の勢いで平家を追う義経。屋島を落とし、壇の浦の海上を赤く染める。那須与一の扇の的で最後の合戦が始まる。安徳天皇と三種の神器の行方やいかに。屈指の名作の大団円。

著訳者名の後の数字はISBNコードです。頭に「978-4-309」を付け、お近くの書店にてご注文下さい。